# 大门前的沉思

## 涅克拉索夫经典诗选

[俄]涅克拉索夫 著
魏荒弩 译

*Nikolai Alekseevich Nekrasov*

中国文史出版社

**图书在版编目（CIP）数据**

大门前的沉思：涅克拉索夫经典诗选 /（俄罗斯）涅克拉索夫著；魏荒弩译．-- 北京：中国文史出版社，2020.12

（经典重现）

ISBN 978-7-5205-2506-0

Ⅰ．①大… Ⅱ．①涅… ②魏… Ⅲ．①诗集－俄罗斯－近代 Ⅳ．① I512.24

中国版本图书馆 CIP 数据核字 (2020) 第 240773 号

**责任编辑：金　硕**

| | |
|---|---|
| 出版发行 | 中国文史出版社 |
| 社　　址 | 北京市海淀区西八里庄路 69 号院　邮编 :100142 |
| 电　　话 | 010-81136606 81136602 81136603 81136605（发行部） |
| 传　　真 | 010-81136655 |
| 印　　装 | 北京新华印刷有限公司 |
| 经　　销 | 全国新华书店 |
| 开　　本 | 880 × 1230　1/32 |
| 印　　张 | 8 |
| 字　　数 | 200 千字 |
| 版　　次 | 2021 年 1 月北京第 1 版 |
| 印　　次 | 2022 年 3 月第 2 次印刷 |
| 定　　价 | 49.00 元 |

# 涅克拉索夫概观

尼古拉·阿列克谢耶维奇·涅克拉索夫（1821—1878）是俄国解放运动第二阶段最著名的诗人，最杰出的革命民主主义歌手。他充分发扬俄罗斯文学的优良传统，并大胆地开创了一代诗风，从而使诗歌更接近人民。他的创作在俄国诗歌史上标志着一个新的阶段。

涅克拉索夫是别林斯基的忠实学生，车尔尼雪夫斯基和杜勃罗留波夫的亲密战友。在沙皇残酷镇压革命运动的黑暗时代，他们共同高举革命民主主义的旗帜，把毕生的精力都献给俄国革命的文化运动和文学创作。在19世纪40年代至70年代的三十年中，他曾先后主持过两个文学刊物——《现代人》（1847—1867）和《祖国纪事》（1868—1877），惨淡经营，使其成为进步阵营的喉舌，革命力量的组织者。

涅克拉索夫的富有革新精神的诗与当时的政治斗争紧密地结合着，因而它具有高度的思想性和战斗性，充满爱国主义精神和公民责任感。他的描述社会底层生活和农民生活的诗，代表了千百万人民的呼声，反映了广大劳动人民的苦难和愿望。因此，列宁认为涅克拉索夫是农民革命的忠实表达者。

列宁曾把他同卓越的讽刺作家谢德林相提并论："涅克拉索夫和萨尔蒂科夫曾经教导俄国社会要透过农奴制地主所谓有教养

的乔装打扮的外表，识别他的强取豪夺的利益，教导人们憎恨诸如此类的虚伪和冷酷无情。”①

列宁酷爱涅克拉索夫的诗，并经常引用他的诗句，来揭露自由主义、孟什维主义、取消主义和社会沙文主义，从而更形象、更有力地鞭挞了自己的论敌。

## 一

涅克拉索夫 1821 年 12 月 10 日生于乌克兰的卡明涅茨—波多尔斯克省文尼察县涅米罗夫镇。父亲是个残暴的军官。他三岁时父亲退伍，举家迁往雅罗斯拉夫尔省祖遗庄园格列什涅沃村，而他的不愉快的童年就是在这里度过的。他在这里目睹了农民的悲惨遭遇，和他父亲这个典型的农奴主对农民以及对自己妻子儿女的残暴行径。他还曾徜徉在村边的伏尔加河畔，看见过忧郁而沮丧的纤夫们，倾听过他们凄凉的哀号和沉郁的呻吟。他带着惊异的神情送走一批批钉了镣铐被解往西伯利亚的政治流刑犯。所有这些，都给涅克拉索夫幼小的心灵留下不可磨灭的印象：他憎恨那些压迫、剥削农民的地主和周围的贵族环境。

1832 至 1837 年，他在雅罗斯拉夫尔中学读书。这时他对文学发生兴趣。阅读了大量的文学作品，他喜爱普希金的《自由颂》并开始写诗。

① 《列宁全集》第 13 卷，人民出版社 1959 年第 1 版，第 38—39 页。

1838年，涅克拉索夫被送往彼得堡武备学堂就学，他却违背父亲的意愿，径自到彼得堡大学去旁听。父亲在一怒之下，对他断绝了全部接济。他带到彼得堡的只有一部诗稿，此外身无长物。从此，年不满十七岁的涅克拉索夫便长期过着饥寒交迫的生活。他说："整整三年，我经常每天都感到饥饿。"所以卢那察尔斯基后来写道："涅克拉索夫是作为一个有知识的无产者、作为城市贫民的真正代表度过他的青年时代大部分岁月的。"[①] 他住在贫民窟，为了不致饿死，什么苦活他都干，从而与广大的劳动人民同悲戚、共命运。残酷的生活和40年代的进步思潮逐渐培养起他写诗的才干，并初步形成他的政治立场。

涅克拉索夫在1840年出版了第一部诗集《幻想与声音》。这些诗带有明显的浪漫主义色彩和模仿的痕迹。其中的主人公大都是与实际生活相去甚远的公式化崇高人物。别林斯基严厉地批评了这位初学写诗的人，主要是指出他的诗缺乏独创性。但必须指出，即使在这本诗集里，我们也还可以看到作者论诗人与人民的关系的诗句：

谁要是在遭受苦难的兄弟的病榻前
不流眼泪，谁要是心里没有丝毫的同情，
谁要是为了黄金而把自己出卖给别人，
　　这种人就不是诗人！

——《这种人就不是诗人》

---

① 卢那察尔斯基：《论俄罗斯古典作家》，人民文学出版社1958年版，第247页。

1840 到 1841 这两年，他连续在杂志上发表了大量的小说、论文和书评。从 1841 年起，他开始给剧院写剧本，其中也包括一些轻松喜剧。涅克拉索夫当时深受别林斯基所推崇的果戈理的影响，因而他的小说，也如同果戈理的《彼得堡故事》一样，写的都是彼得堡的底层生活；人物也是当时彼得堡的厄于贫困的遭受挫折的“小人物”。这些作品在艺术上自然比不上果戈理的《彼得堡故事》。但从中也可以看出，作者是在刻意对社会问题和题材进行现实主义的探索。

1842 年他结识了别林斯基。这在他的一生中是件大事。别林斯基对于诗人革命民主主义世界观的形成，以及美学原则和创作方法的确立等方面，都曾给予不少的帮助和指导。涅克拉索夫在 1843 年写的长篇小说《季杭·特罗斯尼科夫的一生和奇遇》，在美学观点上就完全与别林斯基相契合。他们都主张全面地反映生活的真实，有时甚至要赤裸裸地揭示那些严酷的、阴暗的生活面。这部篇幅浩繁的长篇小说，也正是诗人当时所最关注的彼得堡社会的一个缩影。作者着重写了两个方面：一方面是，“幸运儿拥有大量的豪华住宅，可以说是鳞次栉比”；另一方面，“不幸者却无立锥之地”。这是作者对 40 年代初彼得堡生活观察的结果。当时的书报审查机关对它的出版如不横加阻挠，涅克拉索夫肯定会很快在当时的文学界取得显著的地位。这部小说直到 1931 年才得印出全文，正式出版。他的著名的特写《彼得堡的角落》便是这部长篇的一个片段。他后来与巴纳耶娃合写的长篇小说《浪迹三方》，其塑造形象的指导思想，仍是与

《季杭·特罗斯尼科夫的一生和奇遇》一脉相承的，所用艺术手法仍然是贫富对照，而且通篇也同样流露出十分明显的民主主义倾向。

涅克拉索夫对平生所写散文作品，只有对《彼得堡的角落》和《精明的人》持肯定态度。

涅克拉索夫在 1845 年写的《在旅途中》深深地感动了别林斯基。在这首诗里，涅克拉索夫破题儿第一次通过对农民的描写来反对罪恶的农奴制度。别林斯基对涅克拉索夫正在成长的民主主义诗歌的实质有充分的理解，并曾予以鼓励。他是第一个预言涅克拉索夫“将在文学上发生影响”的人。

涅克拉索夫于 1847 年接办《现代人》杂志，从此他几乎一直没有离开过编辑工作,他将《现代人》以及后来由他主持的《祖国纪事》先后办成革命民主主义者的社会论坛，始终保持着进步倾向。涅克拉索夫不仅是著名的诗人，同时还是卓越的出版家、编辑和文学评论家。

他在 40 年代主持出版的《彼得堡风貌素描》(1845)和《彼得堡文集》(1846)等书，是当时被称为“自然派”作家的文集，这实际上是“自然派”的一个宣言。这些文集巩固了批判现实主义的地位，使文学题材更加广阔，人民性更加强烈，批判揭露更加深刻。这时候，涅克拉索夫坚定地走着以果戈理为首的“自然派”——批判现实主义的道路。

涅克拉索夫在 40 年代已经是一个坚定的民主主义者。他在谢德林之前就写了大量的讽刺作品，揭露当时的剥削社会人与人之间的关系。对敌人、对剥削阶级的辛辣讽刺，像一条红线贯串着他的全部创作。他继承了果戈理的传统，并以更高的思想性使这一传统进一步深化。他的诗歌是在40年代革命思潮以及科学、文艺和文学评论都有长足发展的情况下成长起来的。

涅克拉索夫40年代创作的题材主要是城市生活，特别是城市中的贫民生活。

他在1845年写的《摇篮歌》中，揭发了大官僚们的贪赃枉法。这是一首极有胆识的讽刺诗，它直接攻击了当时执政的权贵，专制政体的爪牙。在腐败的专制农奴制的熏染下，他们总是以阿谀逢迎和盗窃行为作为猎取高官厚禄和社会地位的手段。《摇篮歌》的发表，使反动阵营极为恼火，甚至在十年以后他们还记着这笔账。1856年反动的新闻撰稿人布尔加林在写给“第三厅”[①]的报告中，便列举了涅克拉索夫的《摇篮歌》和其他一些诗，声称：“涅克拉索夫是一个最狂妄的共产主义者……他为革命拼命地奔走呼号。”

涅克拉索夫一向爱憎分明。他憎恨达官贵人，热爱劳动人民。他在《街头即景》（1850）这一组诗里对穷人抱有无限同情，其中《小偷》一首最为人所称道。诗人理解产生犯罪的社会原因，他对为饥饿而行窃所受到的惩罚提出抗议，他认为这是一个“丑恶的场面”，他以轻蔑的口气说到那个“失窃了一块面包”的小贩，而对小偷的描写则充满了深厚的同情。另外三首则写了被迫送子从军的悲惨情景，穷人家孩子的夭折，马车夫万卡的可怜相。最后，诗人把自己在街头所得的一切印象，用一句话来概括：“我

① 1826年7月初，即处死五个十二月党人领袖的前几天，尼古拉一世的地主农奴主政府成立了专门镇压革命运动的“第三厅”，并任命卞肯多尔夫为厅长。

仿佛到处都看见悲剧。”

涅克拉索夫19世纪40年代的创作虽然主要是描写城市生活，但随着农民运动的发展，他也逐渐注意到乡村。《故园》(1846)体现了诗人早期创作的基本特征，对于全面理解涅克拉索夫具有重大意义。此诗取材于作者自己童年和少年时代的经历。他怀着憎恨和愤怒的心情描写了地主庄园生活。他认为这种生活是“既贫乏又空虚”，是在“豪华的酒筵和无知的娇气”中，“在荒淫无耻和卑鄙的暴行中度过”的。可是在贵族庄园里遭受压迫的，则不只是农奴制压迫下的“奴隶”,而且还有住在庄园上的全体居民。须知那时，当一些贵族作家还在无限留恋地描绘自己庄园的时候，涅克拉索夫却对自己故园的破落感到欣慰，他“愉快地看见黑压压的松林已被砍掉”，“空寂的阴暗的房屋也倒向了一边”。作者对地主庄园所抱的这种否定态度，曾经受到别林斯基的赞赏。我们还须看到当时一些贵族自由派作家还在仅止于指责农奴制度的某些畸形现象、并要求以人道的态度对待农民的时候，而涅克拉索夫却已在抗议那建筑在农奴制基础上的整个社会制度了。应该说，这是难能可贵的。

## 二

19世纪50至60年代是农民运动急遽高涨的时期。如果说别林斯基时代的解放运动还只是平民知识分子要求取贵族知识分子的地位而代之的开始，那么到了60年代，便可以说已经完成了这种取代过程，阶级力量从而发生了显著的变化。50年代中期，涅克拉索夫邀请车尔尼雪夫斯基和杜勃罗留波夫参加《现代人》编务。他们三人由于立场、观点的一致，遂结为共同为革命民主主义理想而斗争的亲密战友。

车尔尼雪夫斯基在《艺术与现实的审美关系》(1855)中提出，文学应成为“生活的教科书”。在这“一切社会问题都归结到与农奴制度及其残余做斗争”的时代,文学要成为“生活的教科书”,势必要面临一个崭新的任务：要写与农奴制及其残余做斗争的新内容，而唯一能把这一斗争进行到胜利的人民，则应该成为文学中新的主人公。文学必须激发人民的自觉性，使他们理解自己在历史上的作用。时代的主要矛盾——农民与地主的矛盾，必须成为文学作品中冲突的基础，并决定其情节的发展。涅克拉索夫是在俄国诗歌中满足时代要求的第一个人。他这时的创作，不仅题材转向人民，而且还提出劳动和社会斗争的新主题，并塑造了新的正面人物平民知识分子革命家的形象。他在这一时期——50年代所写的诗如《诗人与公民》《纪念别林斯基》《大门前的沉思》《叶辽穆什卡之歌》《伏尔加河上》等诗，都是思想性和艺术性很强的名篇，甚至可以说是构成俄罗斯诗歌发展的整整一个时代的代表作。

《诗人与公民》(1856)是一篇革命诗歌的宣言，它提出了50年代进步知识分子关于文学和艺术问题的主要纲领，它认为革命民主主义诗人的任务首先要做一个公民，当一个战士。

你可以不做诗人。
但是必须做一个公民。

涅克拉索夫把诗歌看作是流血的革命事业，他号召诗人积极地干预生活，参与当前的斗争，反对脱离现实的“纯艺术”派观点，宣扬车尔尼雪夫斯基的美学原则。他讥讽自由派只是一些“说得多、做得少”的人，指出只有革命者才是俄国“当之无愧的公民”。他满怀激情地召唤：

为了祖国的光荣，为了信念，
为了爱而去赴汤蹈火吧……
去吧，无可指责地去牺牲！
你不会白白地死去：事业将会永存，
假如为这一事业有鲜血在汩汩地流动。

这不仅使人想起雷列耶夫、普希金、莱蒙托夫这些专制政体的牺牲者的命运，而且使人感到诗人的事业之所以不朽，就在于诗人能“为时代的伟大目标服务”。涅克拉索夫始终不渝地坚持这一信念，他在临终前还写道：

谁要是为时代的伟大目标服务，
把自己的一生完全献给那为了
实现人与人是兄弟关系的斗争，
那他就能在死后得到永生……

——《致济娜》

涅克拉索夫自己正是这样一位经得起时代考验的诗人。

辛辣地讽刺、大胆地揭发沙皇官僚剥削制度的《大门前的沉思》（1858）证明，涅克拉索夫的诗已日臻成熟，他一生创作中的三个重要方面——现实主义的描写，对敌人、对剥削阶级的尖锐讽刺，直接向人民发出革命的号召，在这首诗里都得到充分而鲜明的表现。诗的灵活的形式完全符合作品丰富的内容和充实的思想。

诗人怀着无限同情描写来权门求见的农民："肩上披着破烂的衣衫，／那伛偻的背上各背着一个行囊，／颈上系着十字架，而那一双双／穿着草鞋的脚上布满了斑斑的血痕"，"带着希望和痛苦的神情"，仿佛是从遥远的乡村来到官邸的门前。他们显然是要请求什么，而且很可能是抗议地主的压迫。然而看门人对这些可怜无告的农民却无丝毫的同情，终于把他们赶走了。这时诗人遏止不住自己的感情，将诗的锋芒立刻转为愤怒的指责。随着对这位权贵的层层揭露，指责也愈益激烈，以至达到感情最激越的高潮。作者对这批压在人民头上作威作福的老爷做出了严厉的判决："而你就要进入坟墓了……英雄，你被祖国悄悄地咒骂着……"

我们在诗的结尾，看到一幅被奴役的群众的概括画面，听到诗人对祖国和人民命运忧心如焚的"沉思"：

请给我指出这样一个处所，
这样的角落我还不曾见过，

在那里你的播种者和保护人——

俄罗斯的农民可以不再呻吟。

诗人将广大劳动人民“巨大的悲哀”比作伏尔加河的春汛，甚至比春汛更加“茫茫无际”。

伏尔加！伏尔加！在春天涨水时期，

你横扫田野，茫茫无际，

但怎比得人民巨大的悲哀，

到处泛滥在我们这辽阔的土地——

伏尔加河的形象，是浩渺无边而又强大有力的体现。人民不只是呻吟，而同时也在积聚力量同压迫者进行斗争。不言而喻，当时优秀的俄国人都期待着这种呻吟和长期忍耐的结束。涅克拉索夫热爱人民，相信他们无比强大的力量，所以他不能容忍那种认为俄国人民会永远沉睡不醒的说法。我们看，诗人的态度是明确的：革命或者死亡！

诗人在《叶辽穆什卡之歌》（1859）里已不单是对人民未来命运的“沉思”，更重要的是提出了革命的口号，而且赋予这种口号以热情而激烈的鼓动性质。甚至可以说，诗里的这些号召，也正是60年代俄国青年的革命口号。

全诗用“摇篮歌”的形式写成。“过路的，城里人”（指下乡宣传的革命者）与“奶母”所唱的两支歌，代表两种不同的生活观点。用什么观点教育青年一代呢？诗人显然是反对“奶母”的向统治阶级卑躬屈膝、一心要博取高位去过安逸享受生活的观点的。诗人通过“过路的，城里人”之口提出了革命的口号：“你奉献给祖国的，／绝不是农奴的忍耐力：／而是对压迫者的／怒不可遏的满腔仇恨，是对无私劳动的／伟大的信任。”诗人号召要为“自由”“博爱”“平等”而斗争。

随着60年代解放运动和革命思想的发展，涅克拉索夫创作中的社会政治敏感性也逐渐提高。

涅克拉索夫在1861年宣布“解放农奴”以后所写的长诗《货郎》（1861），形象地揭示了这种换汤不换药的“改革”，说明在新的资本主义剥削方式下，农民的命运甚至比过去更悲惨，从而使人想到：非革命不足以真正改善农民的命运。这首诗的篇幅虽然不大，却是一百多年前俄国农村生活的一个缩影。长诗通过货郎到处游串，利用各种各样的生活画面，表现了战争所造成的贫困，沙皇官吏的暴虐，农民的繁重劳动，妇女的悲惨遭遇。他们遇见了形形色色的人，看到了生活的真实面貌：到处没有欢乐，到处没有真理和正义。

诗人怀着深挚的同情描写了万尼亚和卡捷琳娜的爱情故事。但这个故事是在广大的农民生活背景上展开的，货郎遭到守林人的杀害和抢劫的不幸结局，只说明俄国人民艰苦的处境和社会制度的罪恶。

在“改革”后严厉的审查制度下，诗人更其不能畅所欲言了。因此《货郎》的斗争锋芒显得有些不足，对当时此起彼伏的农民起义，诗人也没有作直接的描写。但是诗人仍在《货郎》中曲折隐晦地表达了自己的革命思想。在单调、低沉、抑郁的《货郎》中，我们仿佛听见诗人在愤怒地抗议："不能这样活下去！"诗人在每一首之前所加引的题词"只有好汉才得活"，"你想幸福就把杯干，不要幸福就别喝完"也充满慷慨激昂的斗志。如果对照一下涅克拉索夫同年写的《致屠〈格涅夫〉》中的诗句："快干掉这杯神圣的酒，在杯底——就是自由！"便更觉革命气概跃然纸上了。

这部以普通农民为主要读者的现实主义长诗，不但内容浸透着劳动人民的思想感情，而且还吸取了民间文学的题材、手法、语汇和韵律的精华，从而在俄罗斯文学史上开创了一个通俗流畅、平白如话的新诗风，在俄罗斯民间曾广泛流传。

涅克拉索夫是革命的农民民主主义者，他把自己一切对光明未来的希望都同农民紧紧联系在一起。他肯定和歌颂劳动人民是一切物质财富和精神财富的创造者。他创造了许多关于农民特别是农村妇女的诗，充满对妇女命运的同情。在涅克拉索夫的诗歌里，只要他一提起俄罗斯妇女的命运，便使人感到他忧心忡忡、郁愤难平，所以他被称为"妇女命运的歌手"。他的长诗《红鼻头严寒大王》[①]（1863）便是杰出的一篇。

全诗非常真实地反映了农民的心理和生活，并以其对劳动的礼赞和对劳动人民苦难的同情，创造了一个"庄严美丽的斯拉夫妇女的典型"。车尔尼雪夫斯基说过，生活这个概念对农民来说，总是与劳动分不开的。达丽亚的形象之所以具有那样动人的诗意美，主要是在描写时没有离开她所从事的劳动：

---

① 旧译为《严寒，通红的鼻子》。

美人像一朵稀世的奇葩，
脸儿绯红，身儿周正，个儿高高，
她穿什么衣裳都美丽
她干什么活儿都灵巧。

饥饿，寒冷，都能够忍受，
她永远是耐心而又沉静……
我看见过她怎样收割：
把手一挥——就是一垛！

诗人不仅写到她收割庄稼，而且还写了她砍柴、耕田、纺织、缝纫，以至于修理镰刀等劳动技能。热爱劳动，成了达丽亚思想感情的基础。她以劳动者的眼光来看待生活中的一切："穷苦的乞丐，她不可怜——/谁叫他游手好闲地胡荡！"这样，一个美丽、坚强、能干和有着丰富内心生活的斯拉夫农妇的形象便十分动人地耸立在我们面前。

达丽亚与丈夫的真挚爱情，正是在共同劳动的基础上建立起来的。俄国当时有许多作家对妇女往往只限于爱情的描写，而涅克拉索夫则首先肯定了妇女和男人同样是全民劳动的参加者，甚至有时比男人所付出的劳力还要艰巨。达丽亚在丈夫因过度劳累而病死之后，独自一人顽强地在贫困中挣扎。在数九寒天，为了让孩子们取暖，她到森林里去砍柴，终于冻死在冰天雪地里。面对劳动人民的悲惨处境，诗人在"献词"里写下了感人至深的名句："这里只有石头才不哭泣……"我们认为，达丽亚是涅克拉索夫所有诗篇中最完美、最凄绝、最迷人的一个形象，而就长诗对农民生活观察的深刻，就其表现力的抒情力量的强烈而言，也几乎可以超过一切描写俄罗斯乡村的诗。

涅克拉索夫遵循现实主义的原则，在长诗中袭用了“严寒老人”这个优美的俄罗斯童话，并将这一形象重新加以创造。这不仅给长诗增添了光彩，而且使它更加接近了人民。

《铁路》（1864）是涅克拉索夫最卓越的诗篇之一。它描写了在资本主义新的剥削形式下被压迫与被剥削的工人农民的悲惨遭遇，并严正地指出：铁路的修建者不是沙皇和大臣，而是广大的人民群众。1846年到1851年，沙皇尼古拉一世驱使千千万万的农民来修建从彼得堡到莫斯科的铁路，这些新工人的劳动条件非常恶劣，每月只有三个卢布的工资，他们成年累月地过着非人的生活，很多人在工地上冻饿而死。正如当时的目睹者巴纳耶夫工程师所说：“这是整个俄罗斯土地上最不幸的人民，他们与其说是人，还不如说像会干活的牲口……”

诗里出现了死者幽灵的形象。他们不甘于自己被奴役的命运，在月夜里追捕列车，唱着凄厉而忧郁的歌，叫人听了宛如全体俄罗斯人民在幽幽地控诉。

我们永远弯着腰、驼着背，
在酷热和严寒中毁了自己的身体，
我们住在土窖里，与饥饿做着斗争，
冻僵了，淋湿了，染上了坏血病。

能写会算的工头敲诈我们，
长官鞭打我们，贫困压迫我们……

诗人在这里指出，这条铁路乃是建筑在无数“俄罗斯人的白骨”上，正是这条铁路“给这不毛的荒原平添了无限生机”，只有这些已死的和幸存的工人才是进步与文明的创造者。可以说，这是俄国诗歌史上第一首关于人民群众建设性和创造性劳动的赞歌。

《铁路》是涅克拉索夫创作中有高度思想性和艺术性的名篇之一。当时有很多年轻人就是因为受了这首诗的感染和鼓舞而踏上了“为亲爱的祖国”而斗争的道路。

作为一个革命民主主义诗人，涅克拉索夫自然也要表现当代的正面人物形象。别林斯基、车尔尼雪夫斯基和杜勃罗留波夫是诗人的战友和同志，他曾不止一次地在诗里描写过他们。刻画当代革命领袖的形象，是诗人的光辉成就之一。

在《B. Г. 别林斯基》（1855）这首诗里，他盛赞别林斯基的战斗精神。他说，在“文学……高唱着催眠曲”的时候，当果戈理“深受无耻的敌人的排挤，已经一个人挣扎得筋疲力尽”的时候：

而他来了，这默默无闻的贱民！……
他不宽恕任何一个谄媚者、
下流坯和白痴，
和那些伪装热心的爱国者的
心地善良的小偷！

从别林斯基身上，诗人获得了坚强的信心：

啊，我的祖国！
你有多少心灵自由的、
宽厚的、高贵的、
廉洁的、忠实于你的儿子！

在《预言者》（1874）一诗中，诗人强调车尔尼雪夫斯基的英雄气概、自我牺牲精神和为祖国的自由和幸福而死所做的充分准备。诗人指出，车尔尼雪夫斯基“看得比我们清楚，不甘愿牺牲，／要为善服务也是绝不可能”，诗人说“他爱得更崇高、更广阔”。诗人称赞他是“预言者”。

诗人在著名的《纪念杜勃罗留波夫》（1864）一诗中，呕心沥血地塑造了这个年轻的爱国者、革命者和思想家的光辉形象。他沉痛地哀悼他的早逝：

一颗多亮的理智巨星陨落了！
一颗多高洁的心停止了跳动！

这两行诗曾被列宁用来作为纪念恩格斯的论文的题词。

1865 年《现代人》杂志连续两次受到政府警告，第二次就是因涅克拉索夫《铁路》一诗引起的。次年卡拉科佐夫行刺亚历山大二世未遂，于是反动统治开始对进步力量疯狂地镇压。《现代人》这时危在旦夕。为了挽救杂志，涅克拉索夫“违背自己的良心”给沙皇的“救命恩人”奥西普·科米萨罗夫写了一篇祝贺的诗，而在另一个庆祝宴会上又读了一篇献给 1863 年镇压波兰起义的刽子手——“绞刑吏”穆拉维约夫的诗。于是他立刻受到进步读者的谴责。诗人承认了自己的错误：

> 我从来都不出卖竖琴，
> 但每当无情的灾祸突然来临，
> 我的手便常在竖琴上弹出
> 不正确的声音……
>
> ——《“我不久就要死去。啊，我的祖国”》

接着，诗人沉痛地忏悔道：

> 为了和人民具有共同的一滴血，
> 啊，原谅我吧，祖国！请原谅我！

然而在革命斗争中锻炼有素的涅克拉索夫，毕竟不是可以轻易打下马鞍的战士。他虽然曾为片刻的软弱表现受到许多人的责备，他虽然在以后的岁月中常常为此而耿耿于怀，感到羞愧，甚至一再公开表示忏悔，但这终究是白璧微瑕，而纵观他的一生，也确如列宁所指出的，“他是完全同情车尔尼雪夫斯基的”[①]，虽不

① 《列宁全集》第 18 卷，人民出版社 1959 年第 1 版，第 306 页。

免有一时的“摇摆”，但终不失为一个卓越的革命民主主义战士。

《现代人》于 1866 年终于被查封。涅克拉索夫感到十分痛心。经过奔走筹措，他于 1868 年接办《祖国纪事》杂志，和谢德林等一起，同样又使杂志继承了《现代人》的战斗传统。

涅克拉索夫是一个具有敏锐的美学鉴赏能力的编辑。他根据第一篇作品就明睿地预断出陀思妥耶夫斯基和托尔斯泰的独特才能。他对屠格涅夫的评论深刻中肯，他能就丘特切夫的成就而给予恰如其分的评价。

## 三

19 世纪 70 年代俄国的特点是国内革命运动的继续高涨。涅克拉索夫这几年的抒情诗，革命的调子也一年比一年高昂。他在最后十年还写了几部大型叙事诗，如《祖父》《俄罗斯妇女》《同时代的人们》和《谁在俄罗斯能过好日子》等。在这些叙事诗里，革命主题当然也有鲜明的表现。

“写当代现实”是诗人涅克拉索夫的一个基本口号。他于 70 年代转向历史题材，写了《祖父》（1870）和《俄罗斯妇女》（1872—1873），不是要脱离现实，而是在当时的可能条件下从另一个方面来接触现实。也就是说，作者想通过历史的棱镜来反映当代为人民事业而奋斗的战士们。

像《俄罗斯妇女》这样对政治流刑犯尽情歌颂的长诗，在俄罗斯文学中是找不到第二部的。诗人赞美十二月党革命者的高尚品质，无异是向当代的社会活动家发出的号召，希望他们也能如此忠诚地、忘我地为革命事业效力，以至于献出自己的生命。长诗描写的，是十二月党人的妻子们冲破种种障碍，到西伯利亚去寻找被流放的丈夫的历史故事。诗人辛辣地揭露了沙皇的黑暗统治，热情地歌颂了俄罗斯妇女的高贵品质以及她们的光辉理想和自我牺牲精神。特鲁别茨卡娅抛弃了贵族家庭的一切特权，不辞劳苦，历尽艰辛，千里迢迢去寻找丈夫。省长百般刁难，但也无法阻止她的西伯利亚之行。

而另一个俄罗斯妇女沃尔康斯卡娅也以同样的抱负来到西伯利亚，她在矿坑与自己的丈夫见面时的情景，是十分动人的。

> 我在他的面前不禁双膝跪倒，
> 在拥抱我的丈夫以前，
> 我首先把镣铐贴近我的唇边！……

我们认为，这正是对十二月党人崇高革命理想的生动礼赞。诗里关于十二月党人起义场面的描写，在俄罗斯文学中还是第一次，从而也可以看出诗人对这次起义所抱的肯定态度。

长诗《谁在俄罗斯能过好日子》（1863—1877）是涅克拉索夫创作的高峰，是 60 年代和 70 年代俄国生活的真正百科全书，是打破了俄国诗歌旧传统，把农民放在作品的中心位置的人民史诗。从长诗构思的宏伟和对当时俄国各阶级人物心理刻画的深刻，从描写的真实、色调的鲜明和典型的多样性来看，确实是一部无与伦比的皇皇巨著，堪与普希金的《叶甫盖尼·奥涅金》和果戈理的《死魂灵》相映生辉。涅克拉索夫为这部长诗付出了十四年的辛勤劳动，用尽了一个革命诗人和天才艺术家的一切艺术手段，想把自己一切最珍贵的感情以及二十多年来逐步积累起来的对俄国人民的一切认识都倾注进去。可以说，在俄国文学中还没有哪一部作品能像它这样有力而真实地表现了俄国人民的性格、风习、观点和希望。这是俄国革命民主主义文学的典范，是 19 世纪俄国文学中最富有民主倾向的杰出诗篇之一。长诗虽然没有最后完成，但仅就已经发表的部分来看，便足以证明它是一部不朽之作。

1861 年沙皇政府所施行的农奴制改革迫使农民不但要赎买自己的土地，而且还要长期赎买自己的自由。他们照旧是卑贱的等级，照旧得纳税和挨打。而且，改革后资本主义迅速发展，家长制自然经济崩溃、农民又受到资本家、商人、包工头等新的剥削。自由派肉麻地歌颂“改革”说：“我们的俄罗斯已经成了自由人的乐土”，但农民们却以激烈的暴动来表示抗议。涅克拉索夫站在革命民主主义的立场，让农民针锋相对地提出质问：“谁在俄罗斯能过好日子？”诗人用农民的眼光去观察现实，尖锐地揭穿了农奴制改革的欺骗实质，批判了农奴制的残余，表现了农民的不断觉醒，从而号召人们奋起为人民的幸福而斗争。

长诗广泛吸取了民间创作的艺术经验。它的书名、结构以及那个童话式的开端，都和民间口头文学有密切的关系；作者灵活地运用传统的民歌手法和形象，使得长诗更为色彩鲜明、亲切动人；长诗的语言更有着浓厚的民间风格。涅克拉索夫大胆地使用农民的口语写诗，并吸收了大量民间俗语、俚语、谜语，充分表现了群众语言的丰富、生动、机智和诗意。

《谁在俄罗斯能过好日子》在俄国革命思想史上起过卓越的

作用，它对读者的影响是极其深远的。在60年代以后风起云涌的革命风暴中，抒写人民痛苦的歌手涅克拉索夫，显然是一只预报人民幸福的海燕，而他的杰出长诗《谁在俄罗斯能过好日子》，则是一座铭记俄罗斯历史的丰碑。

长诗《同时代的人们》（1875）对当时俄国统治阶级的一切制度、一切阶层和各种社会集团进行了猛烈的抨击，并绘制了一幅关于俄国资产阶级企业蓬勃发展和确立时期各种恶风陋俗的可怕画面。作者在长诗里揭露了资产阶级制度及其典型代表的反人民的实质，从而使人看到政府机构的寄生现象和叛卖行径，并说明统治阶级的腐败和它在道德上的崩溃。照作者的话说，这是一个强盗的大合唱，甚至连皇室也积极参加了这种对金钱的狂放追逐，参加了这个大合唱。《同时代的人们》是讽刺作品的典型。

涅克拉索夫在诗中卓越地运用了尖锐讽刺和异常夸张的手法，创造了一些离奇古怪，甚至滑稽可笑的形象，但这并不妨碍诗人来表现它的资本主义实质。比如伊万公爵的形象：

> 伊万公爵——论肚子，他是个庞然大物。
> 两只手——像两床鸭绒被褥。
> 肥胖的两颊像台座，
> 托住了他的大耳朵。
> 安上嘴唇的结构，
> 他就是个巴儿狗；……

这种夸张的艺术手法，深得无产阶级诗人马雅可夫斯基的赞赏。我们从这位伊万公爵身上立刻会想起马雅可夫斯基在《午餐颂》《我对这个的态度》，特别是《厌倦了》等诗中塑造的那些滑稽可笑的资本家形象，从而可以看出，马雅可夫斯基的那些揭露和嘲笑政治敌人的讽刺诗与涅克拉索夫的继承关系。

长诗中还对欧美的资本主义有所评议，这在自由派力图抹杀美国生活中残酷的阶级矛盾的当时，是有着深刻进步意义的。

涅克拉索夫在与沙皇专制制度的长期斗争中，健康情况大大恶化，最后竟致不起。死前不久，他曾写道：

啊，缪斯！我已走到坟墓的门边！
…………
但不要哭！我们的命运令人欣羡，
人们不会咒骂我们：
我和一些正直心灵之间
那活生生的血肉联盟，
你不能让它长久地中断！
看着这被打得遍体伤痕、
面色惨白、浑身是血的缪斯，
而竟无动于衷，他就不是俄罗斯人……

——《“啊，缪斯！我已走到坟墓的门边！”》

诚然，诗人与人民的血肉联系是断断分不开的，他那“被打得遍体伤痕、面色惨白、浑身是血的缪斯”，正是他终生为之讴歌的被压迫人民的化身。

在涅克拉索夫临终的时候，车尔尼雪夫斯基从流放地曾两次写信给他的战友和表弟佩平，让他向涅克拉索夫转致热情的慰问和兄弟般的爱。他说，因为他在公民诗歌创作上的伟大功绩，他个人的一切过失和缺点都会得到宽恕；车尔尼雪夫斯基曾毫不犹豫地称他为“俄罗斯文学中最伟大的诗人”。另一次，车尔尼雪夫斯基则又强调说：“他的光荣是不朽的”，“俄罗斯对他——俄罗斯所有的诗人中最有才华的、最高尚的诗人的爱是永恒的”。

涅克拉索夫继承了他的前辈们的优良传统，并根据车尔尼雪夫斯基的美学原则，对俄罗斯的生活现象断然做出了自己的判断。他以自己的创作深刻揭露了农奴制的重重黑暗，号召广大人民奋起反抗，英勇斗争，诗篇里充满了革命激情和战斗精神。涅克拉索夫在唤起人民觉醒、促进革命进程、彻底推翻农奴制等方面，都做出了巨大贡献。

涅克拉索夫又是一个新诗风的开创者。他唾弃温文尔雅的诗风，想让俄罗斯的庄稼人都能阅读他的诗。因此，他在诗的形式和语言，特别是题材方面都做了大胆的革新，于是普通的劳动人民在他的诗里占了十分重要的地位。他怀着无限的同情，抒写他们的思想和感情，劳动和斗争，每日的痛苦和偶尔的欢乐，积极宣传农民革命的思想。

涅克拉索夫的创作，不仅对以后俄罗斯诗歌的发展产生过重大影响，而且对苏联诗歌的形成也起着巨大作用。卢那察尔斯基曾肯定地说：“毫无疑义，我们今天的诗歌应该是涅克拉索夫式，而且不能不是涅克拉索夫式。”[①] 实际上，别德内依、伊萨柯夫斯基、特瓦尔多夫斯基等许多苏联诗人都各自从不同的角度接受了他的宝贵遗产。而涅克拉索夫诗歌传统的当然继承者，则是自称“涅克拉索夫派”[②] 的苏维埃时代最杰出的诗人马雅可夫斯基。他在《谈现代诗歌》（1924）一文中，把涅克拉索夫奉为一个“伟大的现实主义者”。他从多方面继承而且发展了他的革命战斗传统，从而形成自己独树一帜的诗风。在全新的历史条件下，他以自己的诗歌反映苏维埃国家的新生活，召唤人们去为共产主义事业进行创造性劳动。

魏荒弩

1989 年元旦，北京

---

① 卢那察尔斯基：《论俄罗斯古典作家》，人民文学出版社 1958 年版，第 254 页。
② 卡达尼扬：《马雅可夫斯基》（文学编年史），1956 年俄文版，第 164 页。

# 目录
contents

# 在旅途中[1]

“无聊啊！无聊！……机灵的车夫，
想个法子给我解解闷吧！
朋友，是否能随便唱点什么呢，
或是募集新兵，依依别离，
或用什么无稽之谈逗逗乐，
或将你的见闻提一提——
对这一切，老兄，我都表示感激”。

“老爷，我自己也并不快活，
可恶的老婆伤透了我的心！……
你听我说，先生，
她起小就在老爷府上陪伴小姐，
跟她一起研习各种学问，
你知道吗，又是编织，又是缝纫，

① 此诗最初发表于1846年的《彼得堡文集》（涅克拉索夫主编）。这是一首尖锐抨击俄国农奴制的作品，比赫尔岑的《偷东西的喜鹊》写得还早。别林斯基在作者朗读此诗后拥抱了他，眼含热泪对他说：“你知不知道你是一个诗人，而且是一个真正的诗人？”

又要读书，又要弹琴——
她熟知贵族的一切玩意儿和风范。
身上穿的自然不是
我们乡下的长坎肩儿[①]，
而一律是那绫罗绸缎；
吃的也尽是蜂蜜和稀饭。
她的仪态是如此庄重，
你听我说，就像一位天生的贵妇人。
向她求婚的，都是出身贵族，
而不是咱这穷哥们——
你听我说，据车夫伊万内奇·托罗普加讲，
有一位教师曾对她着了迷，发生过爱情，——
但要知道，上帝不赐给她幸福：
是女奴，就不该进入贵族阶层！

“主人的女儿要出嫁了，
到彼得堡去……办完了婚事，
你听我说，主人回到自己的庄园，
然后病倒了，并在降灵节的夜里，
把自己的灵魂交给了上帝，
将可怜的孤女格鲁莎撇在了人间……

① 俄国乡下妇女穿的一种无袖长衣，亦译“萨拉凡”。

一个月以后，姑老爷来了——
他把役耕改成佃租，
再按登记表把农奴清点。
然后便来收拾格鲁莎，
要知道，是她说了什么无礼的话，
还是真的觉得一家子
挤在一起住不下，
我们都不得而知，你知道吗——
她被那人送回了乡村——
奴婢呀，你也该知道自己的身份！
太突然了——姑娘放声大哭
瞧你这细皮白肉、游手好闲的人！

“好像故意跟我作对，十八岁那年
我偶尔……被派去服劳役，
就命我跟她成了亲……
唉，我惹出了多少麻烦！
你知道吗，瞧那神气有多么冷淡……
既不会割草，也不会喂牛！……
虽然不该说她偷懒，
可你瞧，她什么活也不会干！
不论担柴挑水，
还是服役下田，
有时也怪可怜的……可又怎么办？

新的穿戴使她痛苦：
时而，粗布鞋磨破了她的脚，
时而，你听我说，觉得长坎肩儿不方便。
当着人她面面周到，
回过头却哭叫连天……
老爷们把她给毁了，
要不然这婆娘倒挺能干！

“她总是看一张画像，
读那么一本小书……
你听我说，恐惧紧压在我的心间，
总担心她会把小儿子带坏了：
教他读书识字，洗洗，剪剪，
活像个小少爷，天天给他梳头打扮，
打都不行——连我也不让捅一指头……
就这小淘气儿也没有娇爱了多久！
你听我说，她骨瘦如柴，面色苍白，
走起路来没一点儿力气，
一天吃不了两羹匙燕麦粥——
大概再过一个月，就要躺进坟墓里……
为什么呢？上帝作证，我从来没有
用繁重的劳动折磨过她……
供她吃，供她穿，无故从来不责骂，
而且是真心诚意地尊重她……

打吗？你听我说，——除非是喝醉了酒，
几乎就没有打过一下……”

“唔，够了，车夫！你已经驱散
我那郁结心头的忧烦！……”

（1845 年）

# 摇篮歌[①]

（仿莱蒙托夫）

睡吧，小淘气，当你还不能害人的时候！
　　噢——噢，睡觉觉。
红铜色的月亮忧郁地望着
　　你小小的摇篮。
我要讲的不是童话——
　　我要歌唱真实的人间；
睡一会吧，快合上你两只小眼，
　　噢——噢，睡觉觉。

蓦地一片欢呼声
　　轰动了全省：
你的父亲受到了审判——
　　自有许多昭彰的罪证。
但你父亲是有名的骗子手，

① 此诗最初发表于1846年的《彼得堡文集》（涅克拉索夫主编）。这是一首对尼古拉时期上层官僚最大胆的尖锐的讽刺诗。因此，反动文人、秘密警察机关第三厅的特务布尔加林向沙皇政府告密，说：“涅克拉索夫是一个最狂妄的共产主义者……他为革命而拼命地奔走呼号。”

知道该干什么事情。
睡吧，小淘气，当你还诚实的时候！
嗅——嗅，睡觉觉。

等你长大——很快就会谙熟
这个受过洗礼的世界，
你会买一套深绿色的燕尾服，
还将笔杆儿操在手中。
你会说道：“我胸怀好意，
赞成一切善行！”
睡吧——你未来的道路已经确定！
嗅——嗅，睡觉觉。

你表面上冠冕堂皇，
而实际上却很卑鄙，
我会来给你送行——
还要挥一挥手臂！
只消一天你就会习惯
优美地打躬作揖……
睡吧，小淘气，当你还未犯罪的时候！
嗅——嗅，睡觉觉。

你温柔驯顺像一只绵羊，
你的额头也很坚强，

你到处去钻营奔走，
　　定会爬上肥美的缺位——
如遇有财益过手，
　　你也决不放过机会。
睡吧，当你还不能偷窃的时候！
　　噢——噢，睡觉觉。

你买上一座高楼大厦，
　　捞它一个高官厚爵，
立刻就是个俄罗斯贵族，
　　显赫一时的老爷。
过上这种生活，就会安安泰泰
　　度过一生的岁月……
睡吧，我的美妙的官老爷！
　　噢——噢，睡觉觉。

（1845 年）

# “当我用热情的规劝”①

当我用热情的规劝
从迷误的黑暗中
救出一个堕落的灵魂，
你满怀着深沉的痛苦，
痛心疾首地咒骂
那缠绕着你的秽行；

当你用回忆来惩戒
自己那健忘的良心，
你把遇到我以前的
一切事都讲给我听；

你忽然用双手掩面，
羞愧难当，惊骇万分，
结果是痛哭了一场，

① 此诗最初发表于1846年的《祖国纪事》。这首诗写的是对“堕落”女人——贫困的社会底层的牺牲品——的同情。标题为译者后加。车尔尼雪夫斯基曾于1856年11月5日写信给诗人说：“这首诗以及诸如《我拜谒了你的墓地》《羞涩》等，它们都不禁使我痛哭失声”。

你又激动又愤恨，——

请相信：我满怀同情地倾听着，
我贪婪地留神你每一个声音……
不幸的人呀，我全都懂！
我都能原谅，还会忘得干干净净。

你为什么时时刻刻
都还在暗中怀疑？
难道你也屈从了
众人的那种荒诞非议？

不要相信他们吧——既无聊，又虚伪，
你也要把自己的疑虑忘记，
更不要把自己阴郁的思想
隐忍在虚弱而又胆怯的心里！

别发愁吧，愁也无益，
不能把毒蛇揣在怀里，
要像一个真正的主妇
勇敢而自由地走进我的家去！

（1845 年）

## 三套马车 ①

你为什么撇开快活的女伴，
去贪婪地向着大路张望？
你整个脸蛋刷一下都红了，
可见你心里有多少惊慌。

你为什么急急忙忙跟着
飞驰的三套马车在奔跑？……
过路的骑兵少尉看你都入了迷——
他姿势优美，挺胸叉腰。

对你表示赞赏并不稀奇，
每一个人都会爱上你：
鲜红的彩带微微地飘动，
飘在你那像夜一般黢黑的发际；

透过你那黝黑面颊的红晕

① 此诗最初发表于1847年的《现代人》。曾多次被谱曲，成为19世纪50年代俄国最流行的歌曲之一。车尔尼雪夫斯基的长篇小说《怎么办？》第一章中薇拉·巴甫洛夫娜唱的，就是这支歌。

露出了纤细纤细的毛绒，
在你那弯弯的眉毛下面
滴溜溜闪动着一双调皮的大眼睛。

黑眉毛村姑的秋波一转，
充满了沸腾热血的魔力，
它能使一个老人倾家荡产，
会将爱情投入青年的心里。

你要尽量地享受、尽情地欢乐，
生活将会轻松愉快、幸福美满……
不然你就会落得这样的下场：
嫁一个邋邋遢遢的庄稼汉。

围裙紧紧地系在腋下，
将胸脯勒得扭扭歪歪，
爱找碴儿的丈夫会来打你，
婆婆把你折磨得死去活来。

由于粗重而又艰苦的活计，
你还来不及开花就要凋零，
你将陷入沉睡不醒的梦里，
照看孩子、吃饭、劳累终生。

在你那表情丰富、充满了
生命的脸上——会忽然出现
呆滞的甘心忍受的神情，
和无法理解的永恒的惊恐。

当你走完自己艰辛的道路，
便会把你徒然耗尽的力量
和那无法温暖的胸膛
统统地埋进阴湿的坟场。

不要再向大路怅惘地张望，
也不要跟着马车急急追赶，
快点把苦恼着你的惊慌
永远抑制在自己的心间！

你是赶不上那狂奔的马车的：
马儿健壮、膘肥腿又疾——
车夫醉意蒙眬，年轻的骑兵少尉
旋风似的向另一个姑娘驰去……

（1846 年）

# 故　园①

啊，又看见你们了，这些熟悉的地方，
在这里，我的父辈的生活既贫乏又空虚，
他们耽于豪华的酒宴和无知的娇气，
这样，就在荒淫无耻和卑鄙的暴行中度过；
在这里，那些忍气吞声、战战兢兢的奴隶们
甚至羡慕最下等贵族的狗的生活，
在这里，我注定要见到上帝主宰的人间，
在这里，我饱尝了忍耐和仇恨的熬煎，
而我却可耻地把仇恨埋在自己的心中，
在这里，有时我自己也做着地主；
在这里，幸福的宁静如此迅速地
离开了我这过早腐化堕落的灵魂，
而那并非稚气的愿望和忧虑的火焰，
日夜炙烤着我，早已烧毁了我的心田……
少年时代的回忆——那豪华阔绰、

① 这首写于1846年的诗，直到1856年才在《涅克拉索夫诗选》中正式发表。《故园》曾使别林斯基“惊喜若狂”，赞叹不已。作者在自传中提道：别林斯基喜欢其中的那些向社会抗议的“否定素质”。这是诗人自传性的诗篇之一。“故园”指的是他父亲的世袭庄园格列什涅沃，作者在这里度过了悲惨的童年和少年。

美妙绝伦的年华的回忆啊——
使我的心胸充满愤怒和忧郁，
并在我的面前展现出它的全部美丽……
这是座幽暗幽暗的花园……在深远的林荫道上，
是谁的满带病容、悲伤的脸[①]在枝桠中间闪动？
我知道，你为什么哭泣啊，我的母亲！
是谁毁了你的一生……啊，我知道，我知道啊！……
你永远委身于一个闷闷不乐的粗人[②]，
你并不醉心于那无法实现的希望——
奋起反抗命运的想法使你感到恐慌，
你在奴隶的沉默中承受着自己的命运……
但我知道：你的心灵从来就不缺乏热情；
它是何等的自豪、倔强而又美丽啊，
你临终的絮语，难道对迫害者所加给的、
你又竭力忍受的一切，都已经宽容？……

妹妹啊，你与这默无一言的受难者在分担
她那可怕命运的痛苦和耻辱，
我亲爱的妹妹[③]，你竟也离开了人间！

---

① 指诗人的母亲叶莲娜·安得烈耶夫娜·涅克拉索娃，1841 年 7 月 29 日在格列什涅沃逝世。

② 指诗人的父亲阿列克谢伊·谢尔盖耶维奇·涅克拉索夫（1788—1862），一个退役少校，以对农奴和家属残暴而出名。

③ 指诗人的妹妹叶莉扎维塔（1821？—1842），她于 1841 年嫁给一个上年纪的退役中校兹维亚金。显然她是死于分娩；她留下一个儿子 K. C. 兹维亚金。

你羞愤地从蓄有农奴姘妇和饲犬人的家里
出走，于是将自己的命运托付给
一个你所不认识而且不喜欢的人……
而在人世上重演了自己母亲的
悲剧，你也带着冷峻的微笑躺进棺材里，
而这样的冷笑就连那因悔恨而失声
痛哭的刽子手看了，也都会战栗不已。

这是一座灰暗的古老住宅……如今空旷而岑寂：
没有女人，没有狗，没有丑角，也没有仆役。
那么从前呢？我记得：这里有什么压抑着所有的人，
在这里，事情无论大小都使你心里感到郁闷。
我向奶娘跑去……啊，奶娘！当我心头
感到沉重的时候，我曾多少次对她流过眼泪啊！
一提起她的名字，我便深深地感动，
我是不是早已懂得了对她深表虔敬？……

我想起了她那不多的几个
毫无意义的、甚至有害的善良特征，
我的胸膛里充满了新的仇恨和新的悲愤……
不！在我那反叛的、冷酷的少年时代，
没有任何可以使我的心灵感到愉快的回忆；
而那从早年就剥夺了我生活的意志，
并以无法反驳的诅咒加到我头上的一切——

在这里，在我的故园，正是今后一切的发轫地！……

我怀着厌恶的心情向四周望去，
我愉快地看见黑压压的松林已被砍掉——
那里有炎热烤人的夏日庇荫，并飘拂着凉意，——
田地晒枯了，牲畜懒散地打着盹儿，
低垂着头，面对着干涸了的小溪，
空寂的阴暗的房屋也倒向了一边，
在这里，回应着杯盏声和欢呼声的，
是遭受痛苦的人们长年发出的沉闷的嘈杂声，
他独自一个压制着所有的人，只有他
才能自由地呼吸，自由地生活，自由地行动……

（1846 年）

## “在一个神秘的穷乡僻壤，半开化的村庄”①

（仿莱蒙托夫）

在一个神秘的穷乡僻壤，半开化的村庄，
　　我在那些粗暴的野人们中间生长，
感谢伟大的仁慈，命运把我交付
　　那些饲犬人的头领们去收养。
淫秽在我的周围翻起污浊的浪头，
　　赤贫者的情欲在斗短争长，
那些丑恶生活的粗野情景，
　　一直笼罩在我的心上。
当我，一个毛孩子还只能用蒙昧的
　　头脑去理解什么之前，
恶习已经以其充满毒素的气息
　　侵入了我幼小的胸膛。
当我受到出其不意的袭击，便嚷嚷着

① 此诗最初发表于1851年的《现代人》。标题为译者后加。有一些研究者误认为，作者在诗里写的是他自己；诗人曾经指出，其中没有自传的成分。他在自己诗选的页边上写道：“模仿莱蒙托夫。请比较一下：（诗剧《假面舞会》中的）阿尔别宁。我不希望人们将这一早期仿制品视作我个人的特征……”

急急地投入了浑浊的激浪，
沉浸于丑恶的荒淫中，我可耻地、狂热地
耗尽了我的青春时光……
一年年过去。我挣脱了愤怒的朋友们
那习以为常的拥抱，
并向我的愚昧的青春徒然地
发出了为时已晚的声讨。
我胸中耗尽的精力，已发不出一点火星——
我的埋怨再也不能将它们唤醒；
青年人的热情已经变为荒漠般的
岑寂和坟墓似的阴冷，
于是我怀着病态十足的忧郁
漫无目的地踏上新的征程；
我想，一颗过早地被扼杀的心
将永远也不会复生。
但我认识你了……为了生活和激动，
胸中的心又已经苏醒：
爱情把早年风暴的影响和忧郁的印象
已经从心灵上打磨得干干净净……
我内心里又充满了幻想、希望和祝愿……
那么你即使不爱我了，
但比起死一般的空虚来，我更
喜欢过多的眼泪和剧烈的苦痛……

（1846 年）

# 道学家[①]

一

我生活本着严格的道义，
一生未干过对不起人的事情。
我的妻子用面纱蒙住脸，
黄昏后去会自己的情人。
我带领警察悄悄进了他的宅院，
事情败露了……他求决斗：我没应承！
她受尽了羞辱和忧愁的痛苦，
便病倒在床，一命呜呼……
我生活本着严格的道义，
一生未干过对不起人的事情。

---

① 此诗最初发表于1847年的《现代人》。
别林斯基曾于1847年2月19日写信告诉屠格涅夫："涅克拉索夫写了一首非常好的诗。……这个人真是个天才啊！而他的天才简直像一把利斧！"

二

有个朋友未按期还我的债款，
我友好地对他暗暗示意，
然后让法律对我们加以裁判：
法律判决，叫他蹲了监狱。
一个子儿未还，便死在牢里。
虽然有理由，我却没有生气！
我把他的那笔债款一笔勾销，
还用泪水和悲伤表了表敬意……
我生活本着严格的道义，
一生未干过对不起人的事情。

三

我提一个农民来做厨师，
他成功了；当个好厨师多有福气！
可他经常出门，而且有个
与身份不相称的怪癖：
喜爱读书，好发议论。
我懒得去威胁和申斥，
便慈父般地将这坏蛋抽了一顿，
他挨过打，就投河了：傻气攻心！
我生活本着严格的道义，

一生未干过对不起人的事情。

## 四

我有个女儿；爱上自己的教师，
一时激动便想跟他逃跑。
我用咒语[1]威吓她：她屈服了，
于是嫁了个白发苍苍的富豪。
他们的门第辉煌、生活富裕；
但玛莎忽然面色惨白，形容枯槁，
一年过后便得了肺病死去，
沉重的悲哀将一家人压倒……
我生活本着严格的道义，
一生未干过对不起人的事情……

（1847 年）

① 指在宗教上要革出教门，在家庭生活中要赶出家门，不再认为是儿女等。

# “夜里我奔驰在黑暗的大街上”[1]

夜里我奔驰在黑暗的大街上，
在这阴暗的日子，我谛听着暴风雨的呼喊——
那软弱无力、身患重病、又无家可归的朋友啊，
你的影子忽然闪现在我的面前！
我的心由于痛苦的怀念而紧紧缩起。
命运从小就不喜欢你：
你那忧郁的父亲又穷又狠，
你出嫁了——但你却爱着另一个人。
你碰到一个心肠不好的丈夫：
脾气暴躁，拳头又重；
你不甘屈服——终于逃到外边，
而你和我相遇，也不是为了作乐寻欢……

① 此诗最初发表于1847年的《现代人》。标题为译者后加。关于这首诗，屠格涅夫于1847年11月26日曾写信给别林斯基说：“请代我告诉涅克拉索夫，他发表在《现代人》第9期上的诗，完全使我疯狂了；我反复吟诵这篇令人惊叹不置的作品——甚至已能背诵出来。”

车尔尼雪夫斯基在1878年3月15日写给他的妻子的信中，也曾提到这首诗，说“它首先向人表明：俄罗斯产生了一个伟大的诗人”。诗不久就被谱了曲。在俄国流传。

你还记得那一天吗，
我垂头丧气，筋疲力尽，病饿交加？
在我们一无所有而又寒冷的房间
呼出白色的雾气一团团。
记不记得那烟囱发出的凄厉的声音，
那飞溅的雨点、若明若暗的光线？
你的儿子哭泣着，你用自己的呵气
温暖着他那冰凉的手臂。
他不住声地哭着——他的喊叫
尖厉刺耳……天色渐渐暗淡了；
哭够了，孩子也死了……
可怜的女人！不要去流无益的眼泪吧！
由于悲伤和饥饿，明天咱们俩
照样也要深沉而香甜地长眠地下；
主人咒骂着，将去买三具棺材——
一起运走，并排掩埋……

我们各自坐在自己的一角，闷闷不乐。
我想起，你面色苍白，身体虚弱，
一个隐秘的念头正在你的心底成熟，
你内心里的斗争已经结束。
我打了个盹儿。你仿佛去参加婚礼，
打扮得漂漂亮亮，就悄悄地走出去，
过了一个钟头，你匆匆忙忙

给孩子买回了棺材，还给他父亲带来吃的。
我们消除了难忍的饥饿，
在黑暗的房间里点起如豆的灯火，
装裹好儿子，把他放进了棺木……
什么机缘拯救了我们？是不是上帝的帮助？
你迟迟不肯吐露悲惨的真情，
　　我也什么都不问，
我们只有相望着痛哭，
我只有满腔的郁结和愤恨……

如今你在哪里？是同不幸的贫困
所做的这场凶恶的斗争把你毁了呢？
还是你仍然在走着习惯的道路，
或是你注定的命运已经结束？
有谁来保护你呢？人们将毫无例外地
用一个可怕的名字称呼你，
只有我的心里却萦回着一片诅咒——
　　就是这也会徒然地静息！……

（1847 年）

# 街头即景①

## 一

### 小　偷

昨天赴宴，我匆匆行驶在肮脏的街道，
顿时被一个丑恶的场面给惊呆了：
有个小贩失窃了一块面包，
他战栗着，面色苍白，忽然又哭又叫，
他急忙丢开货摊，高喊：抓小偷！
小偷被围起，并很快给扣留，
吃剩的半块面包，在他的手中颤抖。
他赤着两脚，只穿一件破烂的上衣，
脸上显出新病初愈的气色，
一片羞愧、绝望、祈求和恐惧……
警察来了，并叫来了副警卫，
一条条记下这场特别严厉的审讯，

① 此诗最初发表于1856年的《涅克拉索夫诗选》。诗人的这一早期组诗，揭示了俄国大城市的社会矛盾。《万卡》的末行“我仿佛到处都看见悲剧”，乃赫尔岑《变幻与沉思》中“每一堵墙后面，我都仿佛看到悲剧”一句的化用。

便得意扬扬地把小偷押送分局。
我对车夫大喊一声：“赶你的路吧！”
我为自己有一宗遗产可以继承
而急忙来祷告上帝……

## 二
## 送　别

母亲管儿子叫着亲人，
儿子脉脉含情地望着母亲。
年轻的妇人号啕痛哭，
一直哀求瓦纽哈留在家中，
老头子倔强地沉默不语：
目光中流露着强作的严厉，
仿佛为了自己无益的悲痛
而在闷头生自己的气。
西弗卡[①]轻轻拉了一下雪车——
老妇人差点儿从车上跌下去。
唔！他温暖着西弗卡的肋下，
瓦纽哈还把老头子扶上车去……

---

① 马名，一般指灰黄色的马。

## 三
## 小棺材

瞧，一个高大的士兵走来，
腋下夹着一具小棺材。
他的眼里噙满了泪水，
神色显得严肃而悲哀。
当孩子活着的时候，
他常常这样说道：
“你怎么就不死呢，该死的！
你干吗要生下来哟？”

## 四
## 万　卡

多可笑的情景啊！万卡这傻瓜，
为了多招揽几个乘客来，
他悄悄地擦着驽马身上的铜牌，
那驽马已皮光肉绽，累得气息奄奄。
你出卖灵魂的美人，不也是这样吗？
为了想给自己增添一点虚假的光华，
你不也在起劲地抚弄自己
那早已半秃了的头发？
但你们俩——愚蠢的车夫

和你，梳着可笑发式的太太，——
你们在我心中引起的并非笑意，——
我仿佛到处都看见悲剧。

（1850 年）

# 纪念别林斯基 ①

有一颗天真而热烈的心，
其中时时有美好的意念涌起，
你固执着，激动着，匆忙着，
正直地走向一个崇高的目的；
你沸腾，你燃烧——但很快就熄灭了！
你热爱我们，你忠于友谊——
在这美好的时刻，我们向你一表敬意！
论命运的悲惨，无人可与你相比：
你的劳动长存，不会湮没下去，
你不幸辞世，人们都不知悉！
无忧无虑的我们，从一棵不知名的树上，
无忧无虑地尝到了果实的滋味。
是谁把他养大成人，谁又将劳动和时间
献给了他，都跟我们毫无关系，
审慎的民族对自己的后代
将不会提起你的功绩……

① 此诗最初发表于 1855 年的《现代人》，原为纪念别林斯基逝世五周年而作。因当时审查制度严厉，不便直称其名，标题曾为《纪念一个朋友》。1867 年被作者收入抒情喜剧《熊猎》的正文中。

你的坟墓已日益狭小，
以致早已被人们忘记，
朋友们深表感激的纪念
并未使通向它的道路印满足迹……

（1853 年）

# 在乡村里[1]

一

真的，难道在我们教区的近旁
如今竟成了众乌鸦欢聚的地方？
就说今天吧……唔，可真是遭殃！
愚蠢的聒噪，疯狂的喧嚷……
每晚，仿佛全世界的乌鸦
都要飞到这儿来逛一趟。
这简直是一些浩浩荡荡的骑兵连……
密密麻麻落在钟楼和邻近农舍的
那些圆屋顶和十字架上，——
篱笆那边有一根摇摇欲坠的长竿：
竿儿顶上正栖着两只乌鸦，
扑扇着翅膀……一切都不曾改变，

① 此诗最初发表于1854年的《现代人》。当时的一些读者认为这是一首政治讽刺诗，是对充分暴露君主政体腐败无能的克里米亚战争的影射。他们认为，农民萨乌什卡在熊猎中死去，正是暗示尼古拉一世的死：谣传沙皇尼古拉一世，是受克里米亚战争失败的刺激而死的。

就跟昨天一样……栖一会儿就飞走啦！
别再躲懒！尽瞧什么老鸦！
谢天谢地，黑压压的乌云已经消散，
风儿也息了：我还要到田野里去。
打一早就碰上这忧郁的、
阴雨濛濛的倒霉天气：
我白白在沼地淋个湿透，
想要干点什么，却又不能够，
瞧，天色已晚——乌鸦腾空……
两个老大娘在井边相遇，
她们在说些什么，让我来听听……

## 二

“你好，亲爱的。”“怎么样，大嫂？
　　你怎么老是在哭呢？
看来，你总是忧心忡忡，
　　就像个主事当家人？”
“哪会不哭呢？我已没了活路！
　　心酸难忍，万分痛苦……
他已经死了，亲爱的卡西娅诺芙娜，
　　死了啊，而且埋进坟墓！

“我那儿子，能说他不够勇猛？

可竟遇上这么凶的野兽！
他曾用钢叉挑过四十只黑熊——
却在第四十一只上失了手！
身量魁魁梧梧，手儿像一把铁钳，
力大无比，肩膀儿宽宽；
他已经死了，亲爱的卡西娅诺芙娜，——
于今已有十三天！

“剥掉了熊皮，顺手便将它卖出；
为了可怜的萨乌什卡的英灵，
人们给了我老婆子十七个卢布，
愿他的灵魂早升天庭！
好心的太太玛丽娅·罗曼诺芙娜
还为他超度了亡灵……
他已经死了，亲爱的卡西娅诺芙娜——
我勉勉强强捱到家中。

“残破的小木屋在风中晃晃摇摇，
整个烘房也已经塌倒……
我精神恍恍惚惚朝前走去：
也许会把儿子碰到？
要是带上斧子，祸事可能免掉，
也许会消除母亲的悲愁……
他已经死了，亲爱的卡西娅诺芙娜，——

要带斧子吗？我要把它卖掉。

“谁心疼一个孤老婆子呢？

我已穷得沿街行乞！

阴雨的秋天，寒冷的冬季，

谁给我储一点木柴呢？

待到我暖和的皮袄穿破以后，

谁能给我打野兔、换新皮？

他已经死了，亲爱的卡西娅诺芙娜，——

猎枪哪还有用武之地！

“亲爱的，你相信：我又忧愁又操心，

我已厌倦人世，看破红尘！

我躺进小屋，用捕兽网盖上残躯，

好像蒙上了白色的殓衣……不！

死神没有到……我孤苦伶仃，到处徘徊，

我徒然乞求别人的怜悯……

他已经死了，亲爱的卡西娅诺芙娜，——

唉！只是我不该……

“就这样吧……愿上帝保佑我捱过冬天，

我再不能将鲜嫩的小草揉烂！

小木屋不久就要完全倒塌，

再没人来耕地种田。

玛丽娅·罗曼诺芙娜正准备进城去，
　　我已无力再出去讨饭……
他已经死了，亲爱的卡西娅诺芙娜，——
　　他也不让我长久活下去！”

## 三

老太婆哭泣着。我有啥办法?
　　既然不能相帮，可怜又顶什么？……
我已经疲惫，浑身瘫软无力，
　　该睡了，我的夜是短暂的：
明天打猎，我还得要起早，
　　天亮前得好好睡上一觉……
看那群群乌鸦正在准备飞去，
　　盛大的晚会结束了……唔，准备上路！
瞧，起飞了，一下子噪声四起。
　　“注意，看齐！”整个一大群都在奋飞：
仿佛在这天空与人的肉眼之间
　　有一面黑色的大网在张起。

（1854 年）

# 未收割的田地[①]

晚秋时候。白嘴鸦已经飞去，
树林落光叶子，田野一片空寂，

未收割的田地只有一块……
这勾起人们忧愁的思虑。

麦穗仿佛彼此在絮絮诉说：
“我们听厌了这秋天的风雨，

“脑袋耷拉在地上多无聊，
饱满的谷粒沐浴在尘土里！

“各种过路的、贪食的鸟群
没有一夜不来破坏我们，

① 此诗最初发表于1855年的《现代人》。诗里表达了诗人对俄国农民悲惨处境的沉思，也流露出诗人对自己命运的忧虑。诗写于1853年一场大病之后，其中播种者（农夫）的形象，论者多以为是诗人的自况。请参看诗人逝世前一个月所写的《梦》一诗。

"野兔把我糟蹋，暴风雨把我们吹打……
我们的农失在哪里？他还在等待什么？

"是我们长得不如别的田地？
还是开花、秀穗不够整齐？

"我们并不比别的庄稼差，不！
我们早已灌满浆液，颗粒成熟。

"难道农夫又耕耘又播种，
就是为了让秋风吹散我们？……"

风儿给它们送来悲伤的音讯：
"你们的农夫已经筋疲力尽。

"他知道为什么要耕耘和播种，
只是去收割，已是力不从心。

"可怜的人已病倒，不吃也不喝，
蛆虫在吸吮着他害病的心窝，

"那开出这些垄沟的双手，
垂着像枯藤，干瘪如柴瘦，

“农夫眼色暗淡，而且又哑了歌喉，
再不能用歌声抒发自己的哀愁，

“他再也不能手扶犁杖，
沉思地走过自己的田头。”

（1854 年）

# “我在劳动的重压下虚度了”①

我在劳动的重压下虚度了
生命的节日——青春的华年，
我从来就不是一个诗人、
自由的宠儿和懒散的伙伴。

如果压抑了很久的痛苦
沸腾了，烧到自己的心，
我这才抒写：那押韵的声音
破坏了我的日常劳动。

它们毕竟胜过平庸的散文，
而且能激动温柔的心，
从一张悲伤的脸上
突然间会泪下涔涔。

但是我不图有什么东西
将会留在人民的记忆……

① 此诗最初发表于1856年的《现代人》。标题为译者后加。

我的粗糙、拙劣的诗句呀，
你缺少豪放不羁的诗意！

你也匮乏创造的艺术……
但却沸腾着活的血浆，
并洋溢着复仇的感情，
爱情燃尽了，还在微微发光，——

那爱情，它歌颂善良的人们，
那爱情，它痛斥恶棍和笨蛋，
那爱情，它给无力自卫的歌手
戴上一顶用荆棘编织的花冠……

（1855 年）

# B. Г. 别林斯基[①]

在一条偏远的胡同里，
在悲痛的朋友们中间，
诗人在地下室死去了，
他临终时对他们说道：

“像我一样，七年前
另一个不幸的人离开了人间，
他被同样的疾病毁掉了。
我是他最亲密的朋友，
命运相同的兄弟。我们走过
同一条荆棘丛生的道路，
我们没有能够战胜命运，
它对我们是同样的严酷。

① 涅克拉索夫创作这首诗是在尼古拉一世死后不久，即 1855 年夏。这时审查制度的压迫虽稍见缓和，但别林斯基的名字仍然不准提起；车尔尼雪夫斯基 1855 年开始在《现代人》发表《果戈理时期概观》那些论文时，也只能把别林斯基称为“普希金论文的作者”和其他一些较隐晦的称谓，不敢直呼其名。

此诗 1859 年最初发表于赫尔岑在伦敦出版的《北极星》第五期。这首诗在诗人生前一直未能在俄国发表，直到 1881 年始在《古代和近代俄罗斯》杂志刊出。

他真诚地为真理服务，
他的性情大胆而纯洁，
因而过早地为自己
开辟了通向坟墓的道路……
如今该轮到我了……
我并没有比他多活多久；
我做的事太少，由于上帝的旨意
我白白断送了自己的一生。
我的那些苦难令人难堪，
但很多却都怪我自己，
现在，在这最后几分钟
我要完成我的职责，
我要谈谈我这可怜的朋友，
我所看见的、所知道的一切，
和在痛苦的疾病中
他对正直的朋友们所嘱咐的话……

“他生下来就几乎是个贱民。
（我们认为是一种耻辱，
而他却不这样想。）
他的父亲是一个可怜的医生。
他只爱喝酒并用棍子
鼓励自己的儿子学习。
孩子们都会经历这样的发展过程，——

在俄国对许多人来说，这并不陌生——
他们贪婪地阅读
一些有道理然而空洞无物的书籍，
同时照例是偷偷地……
那充满甜蜜幻想的苦恼
从小就占据了他的心……
是哪一个散文家，还是诗人呢，
帮助他的心灵得到发展，
引他走向善和光荣——
我不知道。但那丰富的自然力的源泉——
高贵的、正直的、
无私的事业的思想根源
却在他的身上沸腾……

“医生死后，尘世上
只剩下他，年幼而又寒苦，
他来到莫斯科，就进了
莫斯科大学去攻读；
但他终于被赶出来，因为没有证明
他出身的某种特权，
所以没有得到一张证明书①，——
一辈子只是一个

① 指大学毕业证明书。

没有毕业的大学生。
（一个有学问的人[①]
不止一次在报刊上
用这个绰号来讽刺他，
但还是让上帝来审判他吧！……）
这不幸的人住在地窖里，
忍受着贫困和痛苦——不久就开始
给杂志写文章。我记得：
他写了很多……他的火热的著作
流露着新颖的思想，
对严肃的真理的渴求，——
他被人注意了……那时候
有那么一个谋划家
想来赚钱牟利，
要办一个大型的杂志……
他对事情并不深切关注，
就是想寻找一个人，
要他来负主要编务，
从不延宕自己
交稿的期限，
字也要写得清清楚楚。
别林斯基不知怎么就跟他通信了，

① 指反动的历史家和政论家 M.П. 波戈金。

随后就搬来北方居住……[1]

“当时在我们的文学界
一切都是消沉的、僵死的：
普希金去世了；他已不在，
大众对文学的爱便冷下来……
文学在庸俗的琐事的搏斗中
堕落了，变得愚昧而肤浅……
仿佛社会和生活
都跟它毫不相干。
当时在祖国的土地上
恶公然取得了胜利，
文学只向它
高唱着催眠曲。
没有人会伸出有力的手
把文学向目标指引；
在这儿大声嚷嚷的，只有
两个占首要位置的好斗的波兰人[2]。
新的天才[3]当时已经
在我们中间抬起了头，
可是他，深受无耻的敌人的排挤，

① 别林斯基从 1839 年起主持克拉耶夫斯基在彼得堡发行的《祖国纪事》编务。
② 指反动的新闻撰稿人 Ф. 布尔加林和 О. 先科夫斯基。
③ 指果戈理。

已经一个人挣扎得筋疲力尽；
是一个还不够勇敢的、狭隘的小组
把丰富的思想、希望和力量
带到了他的旗帜下……
多么迫切地需要
那正直的真理的强大呼声，
公开地对恶进行揭发……

“而他来了，这默默无闻的贱民！……
他不宽恕任何一个谄媚者、
下流坯和白痴，
和那些伪装热心的爱国者的
心地善良的小偷！
他检查了一切传说，
他不带一点虚伪的羞惭，
测量了野蛮和恶的深渊。
在一片阿谀声中沉睡着，
并且忘记了真理和荣誉，
可怜的祖国就正向那个深渊坠落！
为了奴役——这一永恒的病症，
他对祖国猛烈地责备，
祖国的虚伪的朋友
大声叫嚣，说他是祖国的敌人。
乌云在他的头上密集，

敌人们喧嚷着，对他大肆抨击。
但是诽谤者野蛮的嚎叫
暂时还不能把他阻挠……
他的力量更加炽烈地燃烧起来了，
而正在这时，他面前的
战友渐渐少了，
他们驯服了，后退了，沉默了，
只有他一个人在不屈地前进！……

　　“啊，我的祖国！
你有多少心灵自由的、
宽厚的、高贵的、
廉洁的、忠实于你的儿子！
那些把人视为自己的兄弟，
痛斥和憎恨恶，
头脑清楚、观点明确，
不被生了锈的传说的镣铐
逼得发疯的人，
他们不全都情愿
承认他是自己的导师吗？……

　　“他在命运和机遇的保护下，
长久地努力工作着——
（当然也有上帝的意志）

他已经说出了许多有益的话，
而且还可能安然无恙地干下去……
但这时，在狂暴的巴黎
掀起了一阵骚乱[①]——
而我们这里也有自己的反响……
人们加紧了可怜的审查——
最后，听信了诬蔑，
便召集了一个委员会，
极力来摧残文学。
好在有些人比其中的一个，
学术的刽子手——
布图尔林[②]要正直些，
他拍着胸脯，
大发雷霆，一个劲儿喊着：
‘把大学都关闭——
祸根便会铲除！……’
（啊，永垂不朽的男子汉！
你的话得不到任何人的称赞，
但它却逃不过众人的议论！
让坟墓里的蛆虫把你啃掉吧，
但是这个委员会，
将比你的历史书卷

① 指法国1848年革命。
② 指当时的秘密审查委员会主席。

更叫你传留久远……）

“差不多审问了我们有半年时间，
又是查阅，又是问讯——
到头来没一个清白的人……
有什么法子呢！不受到非人的审讯，
就应该谢天谢地……
一个忧郁的时代来到了，
善的真诚播种者，
竟被指做祖国的敌人；
敌人们监视着他，
扬言要他去坐牢……
而这时，坟墓向他
殷勤地张开了怀抱：
被劳动的生活、
经常的贫困折磨够以后，
他死了……报刊上都不敢
提到他的名字……这样，
对他的记忆就日渐淡薄，
很快就会消失，一去不返……”

诗人沉默了。过了一天
他就去世了。朋友们聚议，
决定给死者
立一座纪念碑，

可是由于疏懒
好事很快就耽搁下来，
后来墓地上蔓草丛生：
找不到了吧……这有什么要紧！
活人操心活人的事，
死者就去做自己深沉的梦……

（1855 年）

# 被遗忘的乡村[①]

一

老太婆涅妮拉请庄园管理人符拉斯
给点木料修修自己的房子。
回答是：没有木料，别等——等也白费！
“老爷就要来了——老爷会给我们断个是非，
老爷亲眼看见我的房子确实糟糕，
就会吩咐给我木料，”——老太婆这样想道。

二

邻近有个贪婪的人放高利贷，
打官司赢了农民挺大的斜形地一块，
并用滑头的办法划出了界线——

① 作者在写此诗时，正是在尼古拉一世已经逝世、亚历山大二世刚刚登基的1855年。这样，我们便不难明白，诗人笔下的“老爷”指的是尼古拉一世，年轻的老爷便是亚历山大二世。因此，《被遗忘的乡村》便具有了明显的反对君主专制的深刻含义。此诗曾遭沙皇政府查禁，赫尔岑给予很高评价。

“老爷就要来了：丈量员也一定会来！”——
农民们想道。“只要老爷说一句话——
就会把土地重新还给我们。”

三

一个自由的农民爱上了娜塔莎，
慈悲的德国总管却横加阻挠。
“我们等一等吧，伊格纳沙，
老爷就要来了！”娜塔莎说道。
不管大人、小孩——事情稍有争论——
“老爷就要来了！”众口一词地重复着……

四

涅妮拉已经死了；邻家那个大骗子
在别人的土地上获得了百倍的收成；
从前的小伙子都长起了大胡子；
那个自由的农民只落得去当兵，
娜塔莎早已对结婚不抱希望……
老爷还是不露面……老爷还是不回乡！

## 五

这一天终于来到，一辆六套马的
灵车纵列出现在大道的中央：
一具柞木棺材停在高高的灵车上，
老爷就躺在棺材里，棺材后是一位新老爷。
给老的行过葬礼，新的擦干了眼泪，
便坐上了轿车——往彼得堡驶去。

（1855 年）

# 诗人与公民[①]

## 公　民

(上)

又是独自一人，又是冷酷无情，
躺在这里——什么也不去写。

① 涅克拉索夫写这首诗的时候，俄国文学界“纯艺术”的拥护者和革命民主主义的代表正在进行激烈的争论（1855—1856）。这首诗，无疑是年轻的革命民主主义的一篇宣言。

《诗人与公民》是以别林斯基思想为基础而创作的，当时涅克拉索夫主持的《现代人》，主要是通过车尔尼雪夫斯基的论文(《果戈理时期概观》等等)，来宣传别林斯基思想。当时，在平民知识分子为真正的革命民主主义文学艺术所进行的斗争中，这首诗曾起过巨大的作用。作者的主要意图是号召诗人们去积极地干预生活。而“纯艺术”派诗人则提出了“为艺术而艺术”的原则来与民主派的文学主张相抗衡。他们企图用普希金的话来为自己反现实主义的言论辩解。比如，他们牵强附会地把普希金说成是“纯艺术”派的创始人。他们把普希金的诗句抬出来，断章取义，加以曲解，认为这就是普希金的美学原则，并以此来作为他们的诗的纲领。当时的革命民主主义批评家与“纯艺术”派进行了激烈的论战。涅克拉索夫的这首诗，就是这场斗争的重要文献。诗里所描写的“公民”，有人认为指的就是车尔尼雪夫斯基。

**诗　人**

再加一句吧：郁郁寡欢，气息奄奄——
我的画像，就是这样。

**公　民**

好一幅画像啊！它既不高贵，
也不优美，请你相信吧，
这简直是庸俗愚昧。
一头野兽都会偃卧昏睡……

**诗　人**

那便怎么样呢？

**公　民**

看着可气。

**诗　人**

唔，那就出去吧。

**公　民**

　　　　　你听：真不害臊！
应该站起来了！你自己也知道，
一个什么样的时代已经来到；
谁要是责任感尚未减退，
他就该心志坚定，不屈不挠，
谁要有才能、力量和洞察力，
他现在就不该睡大觉……

**诗　人**

假定说，我就是这样的尤物，
但首先你得要给我事情。

**公　民**

真是咄咄怪事！你有的是事情，
你不过是一时进入梦乡，
醒醒吧：去勇敢地抨击那些恶德劣行……

**诗　人**

啊！我知道："瞧你说到哪儿去了！"

但我是一只饱经世故的小鸟。
可惜，我不想说话（拿起一本书）。
救星普希金呀！——就是这一页：
请读一读，并且停止你的责备吧！

## 公　民
（读）

“我们不是为了人世的骚动，
不是为了贪欲，不是为了斗争，
我们乃是为了灵感，为了
甜蜜的声音和祈祷而生。”[①]

## 诗　人
（兴高采烈）

多么卓绝的声音啊！……
只要我和我的缪斯，
稍有一点儿明智，
我发誓，我是不会拿笔！

① 引自普希金的《诗人与群众》一诗。

**公　民**

是的，多美妙的声音啊……乌拉！
这些诗行的力量是这样令人惊异，
甚至使那梦幻般的忧郁
都从诗人的心灵里跳离。
我衷心地感到喜悦——时候到了！
我在分享着你的狂喜，
但是，我得承认，我更迫切地
关怀着你的诗句。

**诗　人**

不要胡言乱语吧！
你是一个热心的读者，
但是一个粗暴的批评家。
那么在你看来，我是一个伟大的、
比普希金还高明的诗人吗？
请你告诉我？！

**公　民**

　　　　　　唔，不！
你的长诗杂乱无章，

你的哀歌也不新鲜，
你的讽刺与美毫无缘分，
却使人感到鄙俗和难堪，
你的诗句还拖得很长。你被人注意，
但没有太阳，才看得见星星发光。
在我们正诚惶诚恐地熬度着的黑夜里，
当野兽正肆无忌惮地四处觅食的时候，
你却一个人在胆怯地踽踽独行——
你坚强地高擎着自己的火炬，
但上天却不愿意
让它在暴风雨的吹打下熊熊燃起，
给全体人民照亮道路；
它在黑暗中迸发出
颤动的火花，闪烁着，跳跃着。
祈祷吧，但愿它能等到太阳升起，
然后消失在一片阳光里！

不，你不是普希金。但当无论在哪儿
也看不见太阳的时候，
你却要怀着才华可耻地昏睡；
更可耻的是，在灾难的年代
你还要歌颂美丽的山谷、
天空和大海，歌颂那恋人的抚爱……

雷雨沉寂了。天空在阳光的照耀下，
在同无底的巨浪进行着斗争，
而那温柔的、懒散的风
在轻轻地吹拂着长帆，——
船在优美而庄重地航行，
旅人的心分外平静，
仿佛那踏在脚下的
不是船板，而是坚实的大地。
但雷声响了；暴风雨在呼啸，
它扯断了缆索，吹弯了桅樯——
这已不是对弈的时候，
也不宜于把歌儿咏唱！
就是一只狗——也知道当前的危险，
也会对着风儿疯狂地叫喊，
它所能做的也只能是这样……
然而你会做什么呢，诗人？
在那遥远的船舱里
你果真能变成一只充满灵感的，
既能使懒汉感到悦耳，
又能压倒暴风雨轰鸣的竖琴？

但愿你对自己的使命信守不渝吧，
但是你自己的祖国，
在那每一个人都忠实地崇拜

自己唯一的个性的祖国
是不是就觉得轻快?
祖国所恃为神圣的,
高贵的心真是寥寥无几。
上帝保佑他们!……那么其余的人呢?
他们的目的渺小,他们的生活空虚。
有的是守财奴和小偷,
有的是甜言蜜语的歌手,
还有的……则是一些圣贤:
他们的天职,就是空谈。
他们无所事事,游手好闲,
一手搂着情人,总是说道:
“我们这个民族已经无可救药,
我们不愿意白白地死去,
我们在等待:也许时间会有助益,
我们因无害于人而自豪!”
目空一切的智慧巧妙地掩饰着
自己自私自利的幻想,
但是……我的兄弟!
请不要相信这一卑鄙的逻辑!
假如你能够成为一个有益的人,
那你千万不要去分担他们的命运,
也不要参加那些说得多、做得少的
无害的人们的阵营!

儿子不能漠然地注视着
亲爱的母亲的悲痛，
一个当之无愧的公民，他的心灵
就不会对祖国表现出冷酷无情，
对他来说，再也没有比责备更伤心的了……
为了祖国的光荣，为了信念，
为了爱而去赴汤蹈火吧……
去吧，无可指责地去牺牲！
你不会白白地死去：事业将会永存，
假如为这一事业有鲜血在汩汩地流动。

而你，诗人！天国的选民，
万古不灭的真理的喉舌，
你不要相信，一个一贫如洗的人
不值得你那先知的琴弦的歌颂！
你不要相信，人们都会消沉；
上帝在人们的心里并没有死去，
那从信仰坚定的胸膛里发出的嚎叫，
将永远触动人的心扉！
做一个公民！为艺术服务，
为他人的幸福而生活，
让你的才华服从于
那包容一切的爱情；
如果你富有才智，

也不要忙着去炫示：
它那焕发的光彩
自会在你的作品里闪耀出来。
你瞧吧：一个孱弱的劳动者
会把坚硬的石块砸碎，
而在铁锤的敲击下
火花便会到处迸飞。

## 诗　人

你说完了吧？我差一点就要睡着。
我们哪能谈到这种观点呢！
你这一步迈得太远了。
教训别人——既需要天分，
也需要强大的心灵，
而我和自己这懒惰、
自尊而又胆怯的灵魂
却又不值分文。
急于去博取盛名，
我们担心会迷失路途，
我们正走着前人走惯的小径，
可是只要我们稍微一偏——
马上就完蛋了，即使你要逃出人间！
诗人的角色啊，你该有多么悲惨！

沉默的公民有福了：
他自小就与缪斯陌生，
他是自己行为的主人，
他的行为有着高尚的目的，
他的劳动既很出活，又挺顺利……

## 公　民

一个不值得称赞的总结。
然而这是你的吗？是你讲的吗？
你满可以论断得更正确：
你可以不做诗人，
但是必须做一个公民。
而公民又是什么呢。
一个当之无愧的祖国的儿子。
哎呀！商人、武备学校学生、
小市民、官吏、贵族，甚至诗人，
我们都觉得够多的了，
然而我们却需要、需要公民！
可是他们在哪里？难道谁不是参议员，
不是作家，不是英雄，
不是贵族团长，不是种植场主，
谁就是祖国的公民吗？
你在哪里？回答呀！没人应声。

而他那宏伟的理想
甚至与诗人的心灵也无缘！
如果他生活在我们中间，
他该怎样痛哭流涕啊！
一个艰苦的命运落在他的身上，
而他也不乞求更好的归宿：
像自己人那样，他的身上
就带着祖国的一切痈疽。
………
………
雷雨咆哮着，追逐着大船，
摇摇晃晃将自由的大船沉入深渊，
诗人诅咒着，至少还在呻吟，
然而公民却沉默着，
总想把头伸向轭下，承受时代的苦难。
虽然很少，但当命运在我们中间
提供了一些当之无愧的公民……
我却沉默着……你知道
他们的遭遇吗？……跪下去！……
懒汉！你的幻想和轻率的
抱怨是多么荒唐可笑！
你的比喻也没有一点儿意义。
这就是一句公公道道的老实话：
一个空话连篇的诗人有福了，

一个不言不语的公民是不幸的!

## 诗　人

击败那不堪一击的人，
本来就十分容易。
你说得对：诗人过得比较轻松——
在自由的语言里有无穷的乐趣。
可是我与它又有什么关系?
啊，在我那悲伤的、无私的、
艰苦的，直截了当地说——
非常轻狂的青春年月里，
我的别加斯[①]该有多么勤奋呢?
我编进了它那飘洒的鬃鬣的，
是一束荨麻，而不是一朵朵玫瑰花，
我自豪地离开了帕尔纳斯[②]
毫不回避，更不恐慌，
我入过监狱，又走向刑场，
我进过一所所医院和一座座法庭。
我在那儿看到什么，我不愿再重新提起……
我发誓，我曾有过真正的憎恨!

---

① 希腊神话中诗神缪斯所乘的飞马，诗才的象征。
② 希腊神话中的山名，传说诗神就住在这里。

我发誓，我曾有过诚挚的爱情！
可又怎么样呢？……人们听见我的声音，
认为那是恶毒的诽谤；
我只好驯服地束起两手，
或者去牺牲自己的头……
那我该怎么办呢？谴责人们，
怪罪命运，那是冒失的。
我当时要是看见战斗，
我也许就挺身而出，无论它有多么艰巨，
可是……死亡，死亡……而我当时呢？
我当时只有二十岁啊！
像大海奔腾的流水，
生活狡猾地向前招引，
爱情向我温柔地许诺，
要给我最美好的生活——
我的心灵胆怯地退缩了……
可是不论有多少理由，
我也不掩盖沉痛的真实，
一提起诚实的公民，
我便羞愧地低下自己的头。
那致命的、虚妄的热情，
到如今还在燃烧着我的心胸，
假设有人轻蔑地向我
投掷石子，我该有多么高兴。

可怜的人啊！你有什么理由践踏
人的神圣的天职？
你——病态时代的病态儿子，
你从生活中取得了什么报偿呢？……
人们什么时候才会了解我的生活，
我的爱情，我的激动呢……
满腔愤恨，郁郁寡欢，
我已走到坟墓的门边……
啊！我这诀别的歌
是我的第一支歌！
缪斯垂下了悲伤的脸，
幽幽地痛哭了一阵，就走了。
从那时起，我们便不经常相遇：
她满脸苍白，悄悄地来了，
小声嘟囔着火热的言语，
唱着高傲的歌曲。
她满怀着隐秘的意图，
有时召我进城市，有时召我入草地，
可是忽然锁链一响，
她一下子又飘然隐去。
我不是完全不愿同她接近，
可是我多么害怕啊！多么害怕！
当我的亲友沉溺在
重大悲哀的浪涛中的时候，

我便善心地歌颂，
时而是空中的霹雳，时而是大海的汹涌。
为了使大人物高兴，
我鞭笞少年小偷，
我的粗暴使那些顽童感到惊异，
我把大人物的称赞引为光荣。
在岁月的摧残下，我的心屈服了，
对一切都冷淡了，
缪斯完全掉过脸去，
她充满了痛苦的鄙弃。
现在我徒然地向她大声吁求——
唉！她已经永远隐去。
作为我的亲爱的人，我已不认识了她，
而且永远也不会认识她。
啊，缪斯，你像一个偶然的过客
出现在我的心灵？
还是命运预先赋予了她
以诗歌的非凡才能？
唉！谁知道呢？严酷的命运
将一切隐藏在深沉的黑暗中。
然而一顶荆冠正配得上
你那副忧郁的美容……

（1856 年）

# “我一直关注着残酷的战争”①

我一直关注着残酷的战争，
每听到又有人在战斗里牺牲，
我不怜恤他的朋友和妻子，
更不怜恤他这一位英雄……
唉！妻子可以得到慰藉，
好朋友会把友人忘记；
但在某处还有一个灵魂——
她至死都会牢记在心！
透过我们那伪善的事业，
和种种庸俗乏味的言行，
我在人世上窥见
唯有母亲的眼泪——

① 此诗最初发表于1856年的《现代人》,连同诗人所写《1854年6月14日》《寂静》《货郎》和《全村宴》等诗，都是在克里米亚战争影响下写成的。此外，他还在《现代人》上发表过对 И. В. 瓦年科《塞瓦斯托波尔之围，或俄国人就是如此》一书的评论。标题为译者后加。

同时，涅克拉索夫曾渴望奔赴战场。他在1855年6月30日写给屠格涅夫的信中说道：“我很想到塞瓦斯托波尔去。对此，你不要嘲笑吧。我心中的这个愿望是强烈而严肃的……”

列宁说：“克里米亚战争显示出农奴制度俄国的腐败与无能。”从此，俄国的革命形势就更加高涨。

最为神圣，又最是真诚！
她们永远不会遗忘
自己那战死沙场的儿子，
一如爱哭泣的杨柳
再也举不起自己的垂枝。

（1856 年）

# 小学生 ①

唔，看在上帝面上，走吧！
天空，云杉，沙滩——
这是一条不愉快的道路……
喂，小朋友，快坐到我身边！

两脚光赤，身体肮脏，
衣服刚刚遮住胸脯……
别难为情吧！怎么回事？
这是伟人们走过的路。

我见你背包里有书。
这么说，你是要上学去……
我知道：父亲为儿子
花掉了最后一个戈比。

① 早在青年时代，涅克拉索夫就写过一部《罗蒙诺索夫的青春》的诗剧。书报审查官沃尔科夫“曾长久地把他阁下的注意力集中到”《小学生》一诗上，因为“作者想要在诗中证明，凡是伟大和具有才华的人多半都出身于平民百姓”（《书与革命》，1921，NO.2）。此诗最初发表于1856年的《读书文库》。

我知道，老杂役的妻
拿出了几个钢镚子，
这是过路的女商人
赏给她的茶资。

莫非你是一个被解放的
家奴？……唔，这有什么呢！
这也不是新鲜事情——
不要畏怯吧，你不会落空！

在学校，你很快就会知道，
阿尔汉格尔斯克那个农民，
由于自己和上帝的意志，
变成一个聪明而伟大的人①。

人世上不是没有善良的心地——
不管是谁把你送到莫斯科去，
你要进入大学去读书——
梦想总会变成现实！

那里的天地非常广阔：
你只管努力吧，更不要畏怯……

① 指罗蒙诺索夫（1711—1765），俄国学者、诗人。

这就是为什么我要深深地
爱你，我最亲爱的罗斯啊！

那样的天性并不是无能，
那样的国土还不会沉沦，
它经常从人民中培育出
那么多光荣伟大的人，——

从那些迟钝的、冷酷的、
妄自尊大的人们当中
培育出这么多善良、高贵
而又具有博爱心胸的人！

（1856 年）

# 大门前的沉思[1]

这里是一座大门。每逢喜庆节日，
那害着奴颜婢膝病症的
整个城市的人，诚惶诚恐，
走向一座座朝夕思慕的大门；
登记上自己的姓名和职位，
客人们便各自走回家去，
他们是这样的心满意足，
你心里会想——这是他们天赋的职务！
可是在平常日子，一些穷苦的人
却将这豪华的大门团团围住：
富于幻想的人，求差谋职的人，

① 1858年夏，涅克拉索夫有一次从自己寓所的窗口看见，街对面一座住有财产部大臣M.H. 穆拉维约夫（后来获血腥镇压1863年波兰起义刽子手的绰号）的官邸的门口，有几名看守院子的和一名警察正在推着前来请愿的农民的后背撵走他们。这件事激发了诗人的创作灵感，很快便写成了这首诗。

这诗有五年之久不得在国内刊物上发表，1860年赫尔岑在伦敦的《钟声》上首次将此诗刊出，但未署作者姓名，仅附一注："我们很少刊登诗，但这样的诗则不能不刊登。"《大门前的沉思》一诗于1863年始在《涅克拉索夫诗选》中正式发表，立刻受到进步青年的普遍欢迎。

诗的结尾部分："请给我指出这样一个处所"经谱曲后，不久就成为大学生们爱唱的歌曲。

有年迈的老头，也有孤苦的寡妇。
每天早晨总有一些送公文的信差
川流不息地奔驰着，进进出出。
有的在归途中得意地哼着“特拉姆—特拉姆”，
而有的请愿人则在不住地啼哭。
有一次，我看见几个农民走进来，
这是些俄罗斯的乡下人，
他们对着教堂祷告了一阵，便远远站定，
将亚麻色的头垂到了胸前；
看门人出现了。“放我们进去吧，”——
他们说话时带着希望和痛苦的神情。
他将客人打量了一番：外表实在难看！
脸和手晒得黢黑，
肩上披着破烂的衣衫，
那伛偻的背上各背着一个行囊，
颈上系着十字架，而那一双双
穿着草鞋的脚上布满了斑斑的血痕，
（看来，他们经过长途跋涉，
来自遥远的省份。）
是谁对看门人高喊了一声：“赶走！
我们主人不爱见这衣衫褴褛的穷百姓！”
大门砰的一声关上了。这些朝圣者站了一会儿，
于是解开了自己的钱包，
但看门人不收这微薄的门礼，也不放他们进去，

于是他们走了，被太阳炙烤着，
他们一再说道：让上帝惩罚他吧！
他们绝望地摊开两手，
直到我还能看见他们，
他们走着走着，一直光着头……

而这豪华官邸的主人
还在做着酣畅的好梦……
你认为陶醉于无耻的阿谀、
追求妇女、大吃大喝、纸醉金迷，
才是最使人钦羡的生活，
快醒醒吧！还有另一种快乐：
唤他们回来！你就能拯救他们！
但是幸福的人们，对于善行却已置若罔闻……

天上的雷霆不会使你惊恐，
地上的众生却握在你的手中，
这些无名的人们内心里
都忍受着无穷的苦痛。

这惊人的悲哀与你有什么相干？
这贫苦的人民与你有什么牵连？
生命像永恒的节日，
飞逝着不让你清醒。

这又何必呢？你将人民的幸福
叫作低能作家的文字游戏；
没有它，你不仅会光荣地活着，
　　而且也会光荣地死去！
最后一段安逸的
田园生活的日子消逝了：
在西西里的天空下，
在芳香四溢的树荫里，
你观望着紫红色的太阳
正用一条条霞辉把大海镀上金光，
而又慢慢地沉入了蔚蓝色的大海，——
你被地中海的波涛的温柔歌唱
催眠着——像一个婴孩，
你入睡了，你被包围在
亲爱的家庭的深切关怀里
（它正焦急地等待着你的死亡）；
人们把你的遗骸给我们运来，
让我们给你举行葬礼，
而你就要进入坟墓了……英雄，
你被祖国悄悄地咒骂着，
却有响亮的赞词来把你歌颂！……

　　不过，干吗为了这些小人物，
我们来打搅如此显赫的贵人？

我们是不是不该对他们表示愤恨？——
在什么上头寻找一点安慰，
更保险……而且更愉快……
农民忍耐一下，那不是什么不幸：
因为指导我们的天意
早已如此表明……而且它已见惯不惊！
在关卡那边，在那寒伧的小饭铺，
那些贫苦人喝酒，总要喝光最后一个卢布，
他们走了，沿途乞讨着，
他们呻吟着……祖国的大地啊！
请给我指出这样一个处所，
这样的角落我还不曾见过，
在那里你的播种者和保护人——
俄罗斯的农民可以不再呻吟。
他呻吟在田野上，在道路上，
他呻吟在监狱里，在城堡里，
在矿山里，而且身系着铁链；
他呻吟着，在烘房下，在草垛下，
他呻吟着，在草原过夜时的大车下；
他在自己可怜的破房子里呻吟，
他并不因上帝的阳光而感到欢欣；
他在每一个偏僻的小镇里，
在法庭和官邸的门口呻吟。
走上伏尔加河畔：在伟大的俄罗斯河上，

那回响着的是谁的呻吟？
这呻吟在我们这里被叫作歌声——
那是曳着纤索的纤夫们在行进！……
伏尔加！伏尔加！在春天涨水时期，
你横扫田野，茫茫无际，
但怎比得人民巨大的悲哀，
到处泛滥在我们这辽阔的土地——
哪里有人民，哪里就有呻吟……唉，可怜的人！
你这绵绵不绝的呻吟意味着什么？
你是否充满了力量，还会觉醒？
难道你还要服从命运的法则？
难道你所能做的，都已经完成？
难道你创作了一支宛转呻吟的歌曲，
而灵魂就永远沉睡不醒？……

（1858 年）

# 叶辽穆什卡之歌[①]

“停下吧，车夫，热得难受，
我再也不能够前进。”
瞧，正是割草的时候——
全村人都在草场上劳动。

在那客栈的旁边，
只坐着一个奶母，
她摇晃着瘦小的婴儿，
自己几乎就要睡熟；

她勉强哼着歌儿，
哦，又打呵欠，又在嘴上画十字。
我同她并排坐在台阶上，

① 这首流行于60年代革命高涨时期的诗歌，已成为革命民主主义青年一代的战斗口号。杜勃罗留波夫对这首诗极为赏识，并在给朋友的信中写道：“背熟，并叫你所认识的人都背熟《叶辽穆什卡之歌》吧……记住这些诗句，热爱这些诗句吧，它们……会直接打动那些还未完全陷入庸俗泥坑中的青年的心。天哪，如果审查机关不对涅克拉索夫进行迫害，他会写出多少绝妙的作品啊！”（车尔尼雪夫斯基：《杜勃罗留波夫传记资料汇编》俄文版，第1卷第534页。）

奶母打着盹儿唱出这样的小曲：

“低下头来呀，
比纤细的小草还要低，
好让这小孤儿在世上，
一辈子过得无忧无虑。

“暴力会压折麦秆——
你要向它深深地敬礼，
好让长辈调教叶辽穆什卡，
让他快点儿出人头地。

“你将来发了迹，将永远
同达官贵人们相好，
同年轻貌美的女人
胡乱地开开玩笑。

“悠闲自在的生活
很容易打发……”
这支歌儿真不像话！
——奶母！你把孩子给我吧！

“给，亲爱的！你是哪儿来的？”
——我是过路的，城里人。——

“你摇一摇吧；我暂且
打个盹儿……你也唱支歌给他听！”

——哪能不唱呢！我唱，亲爱的，
不过，你知道，不唱你那样的歌。
我有我自己最喜爱的歌……
“噢——噢，睡觉觉！

“在庸俗的怠惰中，让那麻醉着
庸俗的圣贤的生命的、
那令人腐化的庸俗阅历——
蠢材的智慧，遭受世人的唾弃！

“在慈父般的屋檐下，
就没有一粒孕育
纯洁的、人道的生活的
有益种子，掉进我们的心里。

“愿你幸福啊！请不要轻率地
将高贵的青春时代的
新生力量，注入那陈腐的
现成的模式里去！

“请将自由的心灵，

献给自由的生活感受，
更不要妨碍人的愿望
在心灵中觉醒。

“你与它们天生在一起——
爱惜它们，保护它们！
它们的名字就叫作：
‘自由’，‘博爱’，‘平等’。

“珍爱它们，为它们服务，
并竭力做出自己的贡献！
没有更美好的使命，
没有更壮丽的花冠。

“你将是稀有的现象，
自己祖国的奇迹，
你奉献给祖国的，
绝不是农奴的忍耐力：

“而是对压迫者的
怒不可遏的满腔仇恨，
是对无私劳动的
伟大的信任。

“怀着这正义的憎恨，
怀着这神圣的信心，
你将对那狡黠的谎言
鸣起上帝的雷霆……

“到那时候……”婴儿
突然惊醒，大哭起来。
奶母立刻精神一振，
画着十字，将他抱起来。

“吃吃奶吧，亲爱的！
吃饱了？……噢——噢，睡觉觉！”
于是她对着婴儿
又唱起了自己的歌……

（1859 年）

# 伏尔加河上①

（瓦列日尼科夫的童年）

## 一

……………………………

……………………………

别急呀，我忠实的猎狗！
为什么要扑在我的胸前呢？
我们还来得及射击。
你奇怪我在伏尔加河上

① 此诗最初发表于1861年的《现代人》。涅克拉索夫根据当时的革命形势考虑过自己在日益成熟的革命斗争中所处的地位。目的就是要写一部自传性的长诗。结果只完成了第一章《伏尔加河上》和第四章《片刻的骑士》。这两首诗虽然有浓厚的自传色彩，但仍然具有广泛的社会意义。《伏尔加河上》深刻反映了纤夫对这种非人生活的怨恨和改变这种痛苦生活的愿望。诗人沉痛地说：

假若你不逆来顺受地忍耐，
你的命运还能比现在更坏?

诗人的这一名句使人确信，《伏尔加河上》虽然充满了忧虑，但却无悲观色彩。诗人对人民是坚决相信的，但也正如诗中所表现的，他又常常怀疑他们是否相信自己，是否相信自己有能力站到为自己的幸福而积极斗争的行列中来。

生了根：我纹丝不动地
站了一小时，紧皱眉头，沉默不语。
我想起自己的青年时代，
我要趁这闲工夫，在这儿
完全沉浸在青春的回忆里。
我像一个乞丐：看，这是个贫苦人家，
也许这儿会舍一文钱，
但那另一家——要富一点儿：
也许会多给一些吧。
乞丐走过去了；
而那富人家狡猾的看门人
却什么也不给他。
又来到一个更豪华的大门，
差点儿没有揪着领头给赶出去！
好像故意似的，我走遍了
全村，却没有一处走运！
就是把讨饭口袋翻过来，也是空无一文。
他这才回到
那残破的茅屋——啊，有多高兴，
人们掷给他一块面包皮；
这可怜的人像一只胆小的狗，
把它带到远离人群的地方，
躲在那里啃……我从小
就鄙视这身边发生的一切，

几乎是迈着孩子的两腿，
跨出了父亲的家门。
我的朋友们苦苦留我，
母亲把我哀求，
亲爱的森林对我喁喁私语：
相信我吧，再没有什么比故乡的天空更可爱！
再没有一个地方比故乡的牧场、故乡的田野
可以更自由地呼吸，
这可爱的波涛的絮语
也唱出同样的歌声。
但是我什么也不相信。
不，——我对那生活说道，——
就是那难得的安静
也会使我感到憎恨……

也许是能力不够啊，
也许是我的工作并不急需，
然而我却白白浪费了自己的生命，
从前曾大胆幻想过的东西，
现在我真羞得重新想起！
我的心的全部力量
都消耗在缓慢的斗争里，
为亲友、为自己
从生活中并没有求得一点东西，

我畏怯地叩打着
我那贫乏的青春的门扉：
——啊，我的可怜的青春！
原谅我吧，我已经服输了！
别再向我提起
在我抛离故乡时
曾用来讥诮你的那些狂妄的幻想吧！
别再向我提起
我因你的平静而深感苦恼，
并屡屡为之流过的那些愚蠢的眼泪吧！
请宽仁地给我点什么
可以让我的心得到安息的东西！
我疲倦了，我失掉了对自己的信心，
只有对儿童时代的追忆
才不致使我的心灵感到苦闷……

## 二

像很多人一样，我生活在穷乡僻壤，
就在一条大河的岸旁，
那儿只有山鹬在啁啾，
芦苇也在簌簌地喧响，
一群群成行的白鸟，
像陵墓上的一座座雕像，

俨然栖止在沙滩上；
群山在远方隐隐可见，
无边的蓝色森林
遮住了天的一方，
太阳走完了白昼的道路，
要到那儿去休养。

我从小就不知道害怕，
我把众人当作自己的弟兄，
甚至很快就不再害怕
林妖和魔鬼。
有一次奶母说道：
“黑夜可别乱跑呀——狼就蹲在
我们的烘棚后面，而花园里
魔鬼正在池塘上徘徊！”
当天夜里，我就到花园去。
不是我喜欢什么魔鬼，
而是想去看看它们。
我去了。黑夜的寂静
对一切都十分敏感，
仿佛故意似的，
整个世界都屏息无声——
看这勇敢的孩子想干什么！
不知何故，在这洞见一切的寂静里，

我不能举步前进了。
要不要回家呢？
不然，魔鬼会不会扑上来，
把你拖下池塘，
叫你住在水里？
可是我并没有往回走。
月亮在池塘上嬉戏，
水面上映出了
岸边那一排树影。
我在岸上站了一会儿，
听了听——没有鬼叫的声音！
我绕池塘走了三遭，
但魔鬼总也不见来临！
穿过了树枝，
穿过长满岸边的
宽阔的牛蒡叶子，
我望着水面：
它是不是躲在那里？
看长没长角就认得。
什么都没有啊！我故意放慢脚步走开去。
这一夜我白白度过了，
但要是有一个朋友或敌人
隐藏在灌木丛中，叫喊起来，
或有被我惊起的猫头鹰

在头上高飞，——
我准会给吓死！
就这样，我怀着好奇心
压住了无谓的恐惧，
在那无益的斗争中
我糟蹋了不少的体力。
然而从那时养成的
不依赖别人的习惯，
引我走上了自己的道路，
直到自尊的命运
把一个奴隶出身的人
再一次变成奴隶！

三

啊，伏尔加河！过了多年以后，
我又来向你问候了。
我已经不像从前，
但你明净、壮丽一如当年。
周围的一切还是那么遥远、辽阔，
在孤岛上、在沙砾中的
那个修道院还是可以望见，
我听见了钟声，
甚至在我的心灵里

还感到往日的颤动。
一切还是那样，还是那样……只是没有了
那消磨掉的力量，虚度过的青春……

已经快晌午了。天这样热，
脚踩在沙砾上发烫，
渔人成行地坐得密密麻麻，
对着水面打盹儿；
螽斯鸣叫着，从牧场上
传来了鹌鹑的啼声。
但在河上行进的
帆船并未冲破
那潺缓的波浪的宁静。
地主管家，这年轻的小伙子
笑着在甲板上奔跑，
追赶自己的女伴：
她是那么和悦、丰满和美丽。
我听见，他向她叫喊：
“站住，淘气鬼，
看我赶上你！……”赶上了，捉住了，——
他们的接吻声
香甜而清脆地响彻在伏尔加河上。
谁也没有这样吻过我们！
就在我们的城市贵妇

涂了口红的嘴唇上
也发不出这样的声音。

我陷入了一种
玫瑰色的幻想里。
梦和炎热笼罩着我。
但我忽然听见一阵呻吟声，
于是我把目光投向岸上。
几乎把头弯到了
盘绕着纤绳、穿着树皮鞋的
脚前，一群纤夫
在沿着河岸爬行，
他们那送葬似的均匀的喊叫声
在沉寂中粗野得叫人不能忍受，
清亮得可怕——
我的心发出一阵颤动。

啊，伏尔加河！……我的摇篮！
有谁像我这样爱过你？
当世界上的一切都还在沉睡，
鲜红的光亮刚刚滑过
那深蓝色的波涛，
我独自一人，迎着朝霞，
急急向着故乡的大河奔跑。

去给渔人们帮忙，
一起泛舟中流，
我带着猎枪跑遍了那些孤岛。
有时像一头嬉戏的小兽，
从高峻的峭壁跳到了沙滩，
有时沿着河岸
奔跑，掷着石子，
唱着响亮的歌，
歌唱我早年的勇敢……
那时我已经下了决心，
永远也不离开
这沙质的河岸。
我本来不会离开你呀——
啊，伏尔加河！要不是在你的上面
响起了这悲痛的嚎叫声！

很久很久以前，在同样的时刻，
我第一次听见了它，
当时我被惊呆了。
我很想知道这是什么声音——
于是我长久地在岸上奔跑。
纤夫们疲乏了，
从帆船上搬来了饭锅，
坐在地上，生起篝火，

不慌不忙，
大伙儿闲谈起来。
“咱啥时候能到尼日尼[1]？”
一个说。“伊利亚节[2]能到
就算好……”“碰巧会到的，”
另一个满脸病容的人
回答他：“唉，真倒霉！
哪怕等肩膀上的伤口长好，
再像熊一般拉纤呢，
要是在天亮以前死掉——
那就更好……”
他不再说话了，仰面朝天躺了下去。
我听不懂这些言语，
但是说话的那个人，
忧郁沉静、身染疾病，
从那时起就再也不能忘记！
甚至现在还浮现在我的眼前：
破衣烂衫，赤贫如洗，
疲惫不堪的面容，
和那透着责难的
平静而绝望的眼神……

① 即尼日尼·诺夫哥罗德，今高尔基市。
② 俄历七月二十日，这是东正教的一个节日。

光着脑袋，苍白得像个死人，
直到入夜，我才
回到家里。不管他是什么人——
我都请他们解说
我所见到的情景，
做梦与叨念别人告诉我的那些事情。
这可把奶母吓坏了：
“坐着不要动，亲爱的，坐着不要动!
今天再不准出去玩了！”
但我又奔向了伏尔加河边。

上帝知道我怎么了?
我认不出了故乡的江河：
我的脚在沙土上艰难地
走着：沙是这样的深；
鲜艳的野草
已不再招我去那些孤岛，
沿岸飞鸟的熟悉的啼声
凶恶、刺耳而且粗野，
而那和悦可爱的涛声
洋溢着另外一种音乐!

啊，我痛苦地、痛苦地大哭了，

那天早上，我站在
故乡江河的岸边，
我第一次把它叫作
奴役和忧郁的河！……

那时我心里想了些什么，
召集我的小伙伴们，
发了些什么誓言——
让它们在我的心里死去吧，
免得让人引为笑谈！
但是你们——天真的梦呓，
青年时代的誓愿，
为什么你们就不能忘记？
你们所引起的责备，
为什么这样致命的残酷？……

## 四

沮丧的、忧郁的纤夫啊！
我现在所见到的你们，
还同我儿童时候见过的一样：
你唱着同样的歌，
你拉着同样的纤索，
那疲惫的脸上表现出来的

还是同样无限的驯顺……
永恒不变的是那严酷的环境，
在那里，人们一代代
活着又死亡，不留一点痕迹，
也没有给孩子们留下应有的教训！
你的父亲呻吟了四十年，
跋涉在这河岸上，
临死也不知道
要把什么遗留给儿孙。
像他一样，你从不会
碰到这样的问题：
假若你不逆来顺受地忍耐，
你的命运还能比现在更坏？
像他一样，你将毫无声息地死去，
像他一样，你将默默无闻地消失。
沙砾掩盖了
你这印在岸上的足迹，
在那儿，你挽着纤索一步步走去，
并不比披枷戴锁的囚犯体面，
你重复着令人厌恶的字眼，
千古不变的“拉哟拉！”
伴着痛苦的叠句：“哎唷嗬！”
有节奏地摇着头……

（1860 年）

# “我的心呀，你为什么要这样激愤？”①

我的心呀，你为什么要这样激愤？……
　　不知害羞！已不是头一回，对于我们
诽谤像雪球一般滚过来——
　　在祖国罗斯土地上到处滚动。
不要忧愁！让它越滚越大、急剧猛增，
　　不要忧愁！一旦我们死后，
总会有什么人在谈话时说走了嘴，
　　忽然用好话来称赞我们。

（1860 年）

① 涅克拉索夫的敌人，经常对诗人进行诽谤，并无中生有散布有关他的生活和工作上的谣言。这首诗就是对这类诽谤的回击，最初发表于 1864 年的《涅克拉索夫诗选》。标题为译者后加。

# “……又孤独，又忧郁”①

……又孤独，又忧郁，
　　我如同站在沙漠里，
我的坚定的声音再不能
　　自豪地呼唤我那亲爱的。

她已不在世上。那般岁月已成过去，
　　那些富有同情心的朋友们
都在热情地响应我的呼吁，
　　于是传来了友爱的言语。

是谁的过错——不要去追问命运，

① 涅克拉索夫临终前，曾在刊有此诗的诗集的页边上写道："1860年因与屠格涅夫失和而作。"

屠格涅夫一直是涅克拉索夫的朋友和《现代人》杂志的主要撰稿人。但俄国社会自60年代便出现了一股新生力量——平民知识分子。其代表人物为车尔尼雪夫斯基和杜勃罗留波夫等革命民主主义者。而涅克拉索夫的《现代人》却又成了他们的思想的表达者，成了革命民主主义者的喉舌。于是，屠格涅夫也像其他同属于自由派的作家们那样，不仅与《现代人》彻底决裂，而且开始像对待政治敌人那样对待涅克拉索夫。而涅克拉索夫则并不因此而改变自己的思想观点，他一直忍受着自己青年时代的朋友所加给的折磨之苦。这种心境和感受在这首诗里均有所反映。此诗最初发表于1863年的《涅克拉索夫诗选》。标题为译者后加。

问不问还不是一样？
你在海边徘徊："我不信，你不跳下去！"
大海讨好地嘟嘟囔囔：

"你哪儿会呢？那友谊、热爱和同情，
你都还在渴望，还在等待。
你哪儿会呢，——你生活美满，
既不缺少幸福，也不缺少抚爱……

"瞧，烟雾弥漫的乌云不是已经消散，
那不是繁星毕现，正在亮闪？
不走时运的人啊，它们都在
以爱抚的目光将你观看。"

（1860 年）

# 在饲犬舍[1]

老汉，你住在这儿，像在地狱里，
快自由了，也许你会拼命逃出去？
——为啥给我自由？我要到哪儿去？
既没有爹，也没有娘，
迄今一人在世上，
我不会出去挣钱吃饭，
只晓得叫嚷："嗬—嗬—嗬！
斜眼的坏蛋[2]要遭殃！……"

（1860年）

① 此诗最初发表于1869年的《涅克拉索夫诗选》。在这篇白描速写中，诗人勾画了一个被农奴制彻底毁掉的农民的悲惨形象，他终生为地主的狩猎娱乐服务，到头来变成一个对任何其他劳动都难以适应的废人，终至宁愿当一辈子奴隶。

② 俗指野兔。

# “精力一年年在衰退”①

精力一年年在衰退，
头脑更怠惰，血液更冷淡……
祖国啊，母亲！等不到你获得自由，
我就已来到坟墓的门边！

但我临死时很想知道，
你已站在正确的道路上，
你的庄稼人把地都种上，
并看见将有一个晴朗的天：

但愿故乡的风
将那唯一的声音吹来耳中，
但从那儿却听不见
人的血和泪在沸腾。

（1861 年）

① 此诗最初发表于 1864 年的《涅克拉索夫诗选》。标题为译者后加。诗中对 1861 年的农民改革提出了尖锐批评。最后四行暗示 1861 年春对农民起义的残酷镇压（参看 K. 楚柯夫斯基的《涅克拉索夫的技巧》，1962，第 684—685 页）。

# 自　由[1]

祖国啊，母亲！在你的原野上驶行，
我还不曾有过这样深的感情！

我看到一位母亲抱着自己的婴儿，
一个美好的思想激动着我的心灵：

这孩子诞生在一个美好的时候，
谢天谢地！泪水不再蒙住你的眼睛！

从小你就不再担惊受怕，自由自在，
你将会选择自己称心如意的事情，

---

① 此诗为"解放农奴"后不久所作。最初发表于1869年的《涅克拉索夫诗选》。诗人对农民"自由"的真正态度表现在如下的痛苦诗句中。

我知道：人们又想出了许多别的圈套，
代替农奴制的罗网，束缚人的生命……

诗人对"解放农奴"压根儿就不存幻想，更不容许这样的"自由"来进行欺骗。他知道有许多东西仍在纠缠着人民，使他们不得脱身。他更知道所谓"解放"的掠夺性质，它所改变的只是压迫人民的形式。诗人警告人们不要上当，不要把新的历史变革理想化，同时他又表示相信人民一定会解开这新的资本主义"圈套"，勇往直前地去开辟通向真正自由的道路。

要是愿意，你就当一辈子庄稼汉，
要是能够，就搏击长空像一头鹰！

在这些幻想里有不少错误：
人的智慧又精细、又机灵，

我知道：人们又想出了许多别的圈套，
代替农奴制的罗网，束缚人的生命，

唉！……但是人民更容易解开它们。
缪斯啊！满怀希望欢迎自由的来临！

（1861 年）

# “在热火朝天的农忙时节……”①

在热火朝天的农忙时节……
你，命运啊！俄罗斯女人的命运！
　　大概总还不难找到。

你未老先衰，这毫不奇怪，
饱经风霜的俄罗斯民族，
　　你多灾多难的母亲哟！

难受的炎热：无林的平原，
庄稼地、刈草场，天空下辽阔的空间——
　　太阳正在暴烈地炙烤。

可怜的农妇已经累得筋疲力尽，
无数飞虫的巨柱在她的头上飘摇，
　　它蜇人，它搔痒，它嗡嗡叫！

微微扶起沉重的犁木，

---

① 此诗最初发表于1863年的《现代人》。标题为译者后加。

农妇划破自己的光脚——
　　哪有工夫把血止住！

邻近田边传来了哭叫，
农妇跑过去——头巾已经散掉，——
　　且把孩子摇一摇！

你摇着怎变得这样呆板无神？
给他唱一支永远忍耐之歌吧，
　　唱吧，百般忍耐的母亲！……

她那睫毛下是泪水呢，还是汗珠？
　　说实话，这很难说出。
反正一样呀———它们正滴向
　　那塞着脏布的木壶！

瞧，她把晒得红红的双唇
　　贪婪地伸向壶嘴……
亲爱的，好喝吗，那掺了一半克瓦斯的
　　咸咸的泪水？

（1862 年）

# 卡利斯特拉特 ①

母亲摇着我的摇篮，
俯在我的头上唱歌：
“你会走运的，卡利斯特拉特！
你将哼着歌儿，过得挺快活！”

我的母亲的预言，
按上帝的旨意已经实现：
再没有谁比卡利斯特拉特
更富、更美，打扮得更加好看！

我在泉水里面洗澡，
我用手指梳理头发，
我在从未播过种的
土地上等待着收获！

孩子们一丝儿都不挂，

---

① 60年代，涅克拉索夫创作了一系列有关农民主题的诗，饶有民歌风味。作者在这些诗里特别描写了农民的赤贫，其中的农民多使用一种自嘲的口吻，从而表现了他们乐观的性格和对自身力量的信心。

此诗最初发表于1863年的《现代人》。

老婆把他们搓搓洗洗，
她自己穿着双底草鞋——
装扮得比丈夫还俏丽！……

（1863 年）

# 红鼻头严寒大王[1]

献给我的妹妹

安娜·阿列克谢耶芙娜[2]

你又在责备我了，

说我同我的缪斯绝了交，

---

① 诗人创作《红鼻头严寒大王》的1862到1863年，正是亚历山大二世政府震惊于日益增长的革命势态，从而加强了对民主主义思潮镇压的时候。

当局趁着彼得堡火灾所引起的慌乱，查封了涅克拉索夫主编的《现代人》杂志，逮捕了车尔尼雪夫斯基，监禁了皮沙烈夫，宣布了严厉的出版条例。专制政权还利用1863年的波兰起义，作为进一步迫害民主主义知识分子的借口。

即使在这样的黑暗时期，涅克拉索夫对人民的未来仍然充满了信心。诗人以诗中这些庄严而完美的形象证明，农民无论生活有多么艰苦，他们仍是那么勇敢，仍是那么富有精神力量，无论遭到什么不幸，他们的日常生活也总是那么平稳而坚定，以致使人相信：为了争取自身的自由，无论面对着什么样的敌人，他们都是能够击败的。我们从长诗里，处处可以感觉到乐观主义的、充满美好精神生活的艺术感染力，并从而可以察觉作者是怀着怎样的热爱来描写农民生活的。

苏联学者楚柯夫斯基曾经这样说道："《红鼻头严寒大王》……就其对农民生活的观察的深刻，就其表现力和抒情力量的强烈而言，几乎可以超过一切描写俄国乡村的诗篇。"

我们认为，在涅克拉索夫的全部创作中，以其思想性和艺术性结合的严密，情与景交融的自然而论，当以《红鼻头严寒大王》为第一。

② 即诗人的妹妹安娜·阿列克谢耶芙娜·布特凯维奇（1823—1882）。涅克拉索夫终生对她怀着真挚的爱，他去世前不久曾写信给她说："我的疲倦的、疼痛的头脑常常想到你，你这人世上唯一的亲人，常常想到你的无私的同情。"

说我对目前的忧虑
和欢乐已经屈服了。
为了生计和酒杯，
我不会同我的缪斯分离，
但天知道，原来那让我跟她
要好的才华，是否已经凋谢了呢？
然而诗人还不是人们的兄弟，
他的道路既不稳固，又满生荆棘，
我就是不怕诽谤，
也并不因诽谤而有所顾忌；
但我知道，在黑暗的长夜，
那是谁的心因悲伤而碎裂，
诽谤像铅块似的又压向谁的胸膛，
又是谁的生活正被它们中伤。
在我的头上滚动的阵阵雷雨，
就让它们径直过去吧，
我知道，那是谁的祷告和眼泪
挡开了致命的利箭……
然而光阴流逝，——我已经疲倦……
虽说我还不是一个无可指责的战士，
但我已经认识到自己的力量，
我正深信着许许多多事情，
然而现在——是我死去的时候了……
不是为了要在充满爱的心上

再一次唤起那致命的惊恐，
这才走上归程……

　就连我自己都不愿爱抚
我的变得温顺的缪斯……
我要为你唱出
最后的歌——而且把它献给你。
但它不会是更欢乐的，
它要比从前的歌儿更悲伤，
因为在我的心中越发阴暗了，
而在未来的日子里还会更加绝望……

　暴风雨在花园里咆哮，并破门而入，
我担惊受怕，但愿不要摧毁
父亲手植的那棵老橡树
和母亲栽种的杨柳，
这柳树，你曾奇异地
把它同我们的命运联结在一起，
因为当可怜的母亲死去的晚上，
那棵树的叶儿也就枯萎……

　窗子颤抖着，并闪着光彩……
听！那是多大的冰雹在跳跃呢！
亲爱的朋友，你早已明白——

这里只有石头才不哭泣……

……………………………………

## 第一部　农夫之死

一

萨夫拉斯卡[①]深陷在雪堆中——
从残破的雪橇上露出来
两双冻透了的树皮鞋，
一角用蒲席盖着的棺材。

一个戴大手套的老妇
下了车，策着马儿前行。
她的睫毛上挂满细小的冰柱，
想来必定是因为寒冷。

二

诗人的习惯的沉思
匆匆地向她的前面驰去：

① 马名，一般指淡黄色的马。

一间小屋坐落在村子里，
被雪覆盖着，犹如裹上了殓衣。

小屋里——牛犊关在地窖，
窗边的板凳上停放着亡人，
他那不懂事的孩子们在吵闹，
他的妻子悄悄地痛哭失声。

她敏捷地把一块块麻布
缝成一件殓衣，
她低声地痛哭着，
好像连绵不绝的细雨。

三

命运有三段坎坷的道路：
第一段：同奴隶结婚，
第二段：做奴隶儿子的母亲，
而第三段：至死也服从奴隶，
　　俄罗斯国土上的妇女
　　就遭受着这些可怕的命运。

一世纪一世纪过去——万物都渴望幸福，
世上的一切也已改变了数度，

但上帝只忘记了一桩，
　　他没有改变农妇严酷的定数。
美丽而健壮的斯拉夫妇女的形象，
　　我们谁都承认，已经变得瘦小而又寒伧。

　　命运的偶然的牺牲者啊！
　　你不声不响、在无形中受苦，
　　你甚至连自己的哀怨
　　也不向这流血斗争的世界倾诉，——

但你都告诉我吧，我的朋友！
你从小就同我结识。
你整个人，就是恐惧的体现，
你整个人，就是永恒的疲倦！
　　谁要是不为你流泪，
　　他的胸中就没有心肝！

## 四

然而我们提起了农村妇女们，
原是为了要说一说，
庄严美丽的斯拉夫妇女的典型
就是在今天也不是无处可寻。

俄罗斯乡村里有一些妇女，
脸上娴静而又端庄，
举止间带着优美的活力，
还有女皇的步态和目光，——

除非是瞎子才看不见她们，
睁眼的人都这样把她们谈论：
“一露面——好像太阳闪着光芒！
她一瞧——你好像得了奖赏！”

她们所走的道路，
也正是我们全体人民所走的，
但是穷苦环境的泥污
仿佛就粘不上她们的身体。

美人像一朵稀世的奇葩，
脸儿绯红，身儿周正，个儿高高，
她穿什么衣裳都美丽，
她干什么活儿都灵巧。

饥饿，寒冷，都能够忍受，
她永远是耐心而又沉静……
我看见过她怎样收割：
把手一挥——就是一垛！

她的头巾滑到耳朵上，
眼看她的发辫就要散掉。
有个小伙子把它向上一挑，
趁势开了个玩笑！

浓密的亚麻色发辫
披散在黝黑的胸前，
遮住了她的赤裸的纤足，
妨碍了这农妇的视线。

她用手把披散的发辫撩开，
怒冲冲地望着那青年。
庄重的脸儿好像一幅镶框的肖像，
燃烧起羞怯与愤怒的火焰……

平日里，她不爱闲着。
可是当愉快的微笑
驱散她脸上的劳动痕迹，
却又是另一番面貌。

这样亲切的笑容，
这样的歌曲、舞蹈，
就是花钱也难买。“多快活呀！”——

庄稼人在一起总是这样说道。

游戏时，骑马的也追不上她，
在危难中从不惊惧，她会想出办法：
她能把奔驰着的马儿拦住，
她会走进燃烧着的茅屋！

她那漂亮、整齐的牙齿，
好像一颗颗又大又亮的珍珠，
但是她那绯红的嘴唇
总不让美丽的牙齿露出——

她很少微笑……
她没有工夫闲谈，
邻妇不敢向她
借把铁叉，借个瓦罐；

穷苦的乞丐，她不可怜——
谁叫他游手好闲地胡荡！
她浑身透露着能干，
而且洋溢着内在的力量。

她的意识明确而坚定，
认为他们的生路全靠劳动，

而劳动使她获得了报答：
全家人无须在穷困中挣扎，

他们始终有一所温暖的屋子，
面包烤得好，克瓦斯有味道，
孩子们长得又胖又结实，
节日里还有多余的面包。

这位农妇去做弥撒：
在全家人的前面走着，
一个两岁的孩子偎在她怀里，
好像在椅子上坐着，

穿着漂亮衣裳的妈妈
领着一个六岁的儿子……
正是这样的情景，为一切热爱
俄罗斯人民的人所赏识！

## 五

你也有过惊人的美丽，
你又灵巧，又有气力，
但是，悲哀使你憔悴了，
你已故普罗克的爱妻！

你倔强——你不爱哭泣，
你抑制着自己，但是你的眼泪
不由自主地打湿了
那敏捷的针儿缝着的殓衣。

眼泪一滴滴落着，
落向你那飞快的手臂。
好像一支穗儿，在默默地摇掉
它那成熟的谷粒……

六

在四里外的一个乡村里，
在教堂附近，风摇曳着
被暴风雨摧折了的十字架，
一个老人在选择坟地；

他疲倦了，活儿很吃力，
这也需要熟练的手艺——

又得使十字架能从大路上望见，
又得让太阳在周围照耀。
积雪埋没了他的两膝，

他的手里拿着铁杆和铁锹，

胡须镀上了白银，
大帽子挂满了冰霜。
那老人沉思着，
呆呆地站在高岗上。

他决定了。在地上画了个十字，
他要在这里挖掘墓穴，
他也为自己画过十字，
便开始用铁锹刨开积雪。

坟地毕竟不是田野，
这里有另外一番光景：
雪地上露出了许多十字架，
大地布满了十字架阴影。

弯下自己老迈的腰，
他长久地、辛勤地挖掘着，
而那黄色的凝冻的黏土
立刻又被雪花遮盖住。

一只乌鸦向他这儿飞来，
用嘴啄着地面，一阵徘徊，

大地，像铁一般铿铿地响——
乌鸦又失望地向别处飞开……

坟墓做得好极了，——
“这坑儿怕不是我挖的！”
（老人的话脱口而出了。）
“但愿不是普罗克长眠在这里，

“不是普罗克啊……”老人跌倒了，
铁杆从他的手中滑掉，
滚到白白的坑穴里，
老人又费力地把它捡起。

他走了……沿着道路前行……
没有了太阳，月亮也还没有上升……
好像整个世界就要死去：
沉寂，飞雪，雾霭腾腾……

## 七

在峡谷，在热尔吐哈河边，
老人赶上了自己的老伴，
他小声地向老妇问道：
“这口棺木是不是还好？”

她的嘴唇微微一动，
回答老人：“还不错。”
然后他俩都沉默了，
雪橇轻轻地奔跑着，
仿佛害怕什么……

村庄还没有露面，
附近却已经闪现灯光，
老妇为自己画过十字，
那马儿吓得跳到一旁——

光着个头，赤着双足，
手拿一根尖头的粗木棒，
这是老相识巴霍姆，
突然来到他们的面前。

他披着一件女人的衬衣，
身上的铁链叮当响；
村里的这个傻瓜
用木棒敲着上冻的土地，

然后他怜悯地低吼了一声，
叹了口气，说道：“这不要紧！

他已为你们劳累够了，
现在该轮到了你们！

“母亲给儿子买了棺材，
父亲给他挖了墓坑，
妻子给他缝了殓衣——
你们都有了该做的事情！……”

他又低吼了一声——这傻瓜
便漫无目的地向旷野跑去。
铁链在凄厉地叮当作响，
赤裸的小腿肚发着亮光，
木棒一直拖在雪地上。

## 八

他们都离开了家里，
把冻坏了的玛莎和葛里沙
领到邻妇那里去过夜，
然后给儿子穿上殓衣。

这件悲惨的事情
正缓慢、庄重、严酷地进行：
不说一句多余的话，

眼泪也不向外流涌。

睡着了，一辈子辛辛苦苦！
睡着了，为人世操劳奔忙！
他已经无忧无虑，
躺在白松木的桌子上，

他躺着，神色严峻，动也不动，
床头上点燃一支蜡烛，
脚上穿着新做的树皮鞋，
身上穿着宽大的麻布服。

一双大手长满了老茧，
这是他饱尝了劳动的艰难，
他脸上毫无痛苦，还很漂亮，
胡子一直垂到了手腕……

## 九

他们给亡人装殓的时候，
并没有用言语表露一点悲痛，
不过那些可怜的人们
都避免注视对方的眼睛。

用不着再同忧伤苦斗了，
事情到这儿已经完结，
如今那满怀的积愤，
已河水般从嘴里往外倾泻。

不是大风在茅草上呼啸，
不是婚礼的行列在喧闹——
那是亲人们为普罗克恸哭，
那是一家人为普罗克哀号：

“你啊，我们的蓝翅膀小鸽儿哟！
你撇下我们，飞到哪儿去？
论漂亮、身个儿和气力，
村子里有谁能和你相比？

“父母遇事总要问问你，
在田野里你是好把式，
对待宾客，你亲切又殷勤，
你热爱妻子和儿女……

“你为什么在人世活得这样短？
你为什么把我们撇下，亲爱的？
当你蒙上了潮湿的泥土，
你一定做过一番深思熟虑——

“你一定想过——是你把我们
撇在了人世啊，
我们这些孤儿再不用清水了，
今后就用热泪洗面啊！

“老母必定因为悲伤死去，
你的老父也活不了，
家庭的主妇没有丈夫——
就像林中的白桦没有树梢。

“你不怜悯她这可怜的人，
也不怜悯你的儿女们……醒醒吧！
夏天，你还要在自己的
宝地收割庄稼！

“最可爱的人，你拍一拍手吧，
用你雄鹰似的眼睛瞧一瞧吧，
摇一摇你绸子般的鬈发，
张一张你那甜蜜的嘴唇吧！

“为了高兴，我们想煮蜜酒，

要熬醉人的勃拉加[1]
请你坐在桌子旁边，
可心的人儿，亲爱的，你吃吧！

“我们要站在你的对面——
养家人啊，你，一家人的指望！
我们将目不转睛地望着你，
倾听着你的言语……”

## 十

邻居们听到痛哭与呻吟，
都成群地拥进了门：
他们把蜡烛放在圣像前，
便深深地行礼鞠躬，
然后默默无言地回去。

接着又进来了一些人。
等到众人都散尽了，
亲人们才坐下吃晚饭——
白菜，克瓦斯就着面包。

① 一种家酿啤酒。

老人不让无益的悲伤
把他自己征服：
他凑近了松明，
将破了的草鞋修补。

老妇大声长叹着，
在暖炕上躺下了，
而达丽亚，年轻的寡妇，
看望自己的孩子去了。

教堂执事彻夜立在烛边，
为已故的农夫诵念经文，
一只蟋蟀在暖炕的后面
随声附和，发出刺耳的声音。

## 十一

暴风雪凄厉地咆哮着，
向窗口挥洒着雪花，
太阳忧郁地升上天空：
在今天早晨，它就是
这幅悲惨景象的见证。

萨夫拉斯卡驾着雪橇，

沮丧地站在门口；
没有多余的话语，也没有号啕痛哭，
人们把死者从屋里抬出。

好，拉吧，萨夫拉斯卡！拉吧！
把轭索拉紧一点！
你曾为主人效力多年，
再辛苦这最后一趟吧！

在商业村奇斯托波里耶，
你还是一头小驹儿，他就把你买下，
他把你放牧在辽阔的田野里，
于是你出脱成了一匹骏马。

你对主人温和驯服，
你为过冬储备了粮食，
在马群里孩子也能把你牵住，
你长得膘肥体壮，
因为吃的是青草和麦麸。

一到活儿都干完了，
严寒也把大地封住，
为了节省家中的饲料，
你同主人一块儿去拉货物。

这种事儿也碰到不少——
正当你拉着沉重的货物，
恰恰遇上猛烈的风暴，
你精疲力竭，迷失了路途。

在你的凹陷的两肋上
留下了多处鞭打的痕迹，
不过，你在过路的客栈中
却有燕麦可以尽量嚼食。

在正月的夜晚，
你听见过暴风雪刺耳的啸声，
在森林的边缘，
也常看见豺狼燃烧着的眼睛，

你浑身战栗，饱受一场虚惊，
可是过后，还是太太平平！
显然，主人自己疏忽了——
冬天要了他的性命！……

## 十二

有一次他在深深的雪堆中间

停留了半个昼夜，
然后忽而发热、忽而发冷地
赶着货车行走了三天：

他急急忙忙，按照期限，
把货物运到指定的地方。
货物送到，他立即回家——
一句话也不说，浑身像火烫！

老妇用九只纺锭
将水向他身上泼浇[1]，
后来又扶进了热气腾腾的浴室，
但是不行——他一点也不见好！

这时候，请来了巫婆——
又是给他喝水，又是念咒絮语，又是揉搓——
越来越糟啊！人们又让他三次
钻过浸透汗水的马轭[2]。

又把他放进了冰窟窿，
又把他放在鸡架下[3]……

---

① 俄罗斯民间风俗。
② 俄罗斯民间风俗。
③ 俄罗斯民间风俗。

一切他都顺从，好像一只鸽子，——
可是不好，——他汤也不进，饭也不吃！

谢尔加乔夫村耍狗熊的费嘉，
正好在这儿逗留，
提议还是放在熊肚子底下，
把他的筋骨揉一揉。

但是达丽亚，病人的妻子，
把那个出主意的人赶出去；
这婆娘想起另一个方子，
她要来试上一试：

夜里她向遥远的寺院走去
（它离村子有十来里），
那儿供奉着一尊圣像，
它有起死回生的力量。

她去了，捧着圣像回来——
病人躺在那里，已是奄奄一息，
领了圣餐，穿上了殓衣，
他看见妻子，呻吟了一声，
就这样死去……

## 十三

……萨夫拉斯卡，拉吧，
把轭索拉紧一点！
你曾为主人效力多年，
再辛苦这最后一趟吧！

听啊！丧钟敲了两下！
神父在等待着——走吧！……
前面走着一对悲痛万分的老伴，
那是死者的爸爸和妈妈。

两个孩子在车上伴守遗体，
他们吓得不敢哭泣，
在棺材旁边，手挽着缰绳，
驾驭萨夫拉斯卡的是他们可怜的母亲，

她走着……她的眼睛深深陷下，
最苍白的是她的双颊，
连她头上那表示哀伤的
白麻布头巾，也比不上它。

达丽亚的后面——慢吞吞跟着
不大的一群男女邻人，

谈论着普罗克的那些孩子，
说他们的遭遇实在不幸。

说达丽亚将把许多活儿担承，
等待着她的是最悲惨的日子。
“没有人会可怜她啊，”——
他们一致这样断定……

## 十四

照规矩，把棺材放进了墓穴，
黄土便把普罗克埋葬；
人们都悲伤啜泣，痛哭失声，
他们对全家表示怜悯，
又用慷慨的赞词向死者致敬。

村长西多尔·伊万内奇，
应着妇女们的哭泣低声叫道，
“安息吧，普罗克·谢瓦斯季亚内奇！”
他说：“你的为人真是厚道，

“你一向诚实，而主要是：你按期——
当上帝来拯救你的时候——
缴足了主人的地租
纳完了沙皇的税务！”

所有好听的话都说完了，
这可敬的庄稼人呻吟了半晌：
“是的，这就是人的一生啊！”
他又说了一句，才把帽子戴上。

“你倒下了……你原是那么强壮有力！……
我们也得倒下呀……谁也逃不过这个日子！……”
人们又向坟墓画了十字，
然后在上帝保佑下各自转回家去。

高大，干瘪，白发苍苍，
没有戴帽子，呆呆地哑口无言，
老迈的爷爷如一座纪念石像，
伫立在亲人的坟墓旁边！

后来，这大胡子的老人
在老伴的恸哭声中，
开始在墓地迟缓地走着，
并用铁铲把土地铲平。

撇下了自己的儿子，
他同自己的老妻走进村中；
“瞧啊，那悲伤的老人东歪西倒！
像一个醉鬼！……”人们这样说道。

## 十五

达丽亚也回到家里——
她要收拾房间，又得喂饱孩子。
唉，唉！屋子是多么冷啊！
她匆匆忙忙去生炉子，

可是一看——没有一块劈柴！
可怜的母亲踌躇起来：
她舍不得离开自己的孩子，
很想把他们好好地抚爱。

然而没有工夫去抚爱。
寡妇把他们领到邻妇家，
立刻套上了萨夫拉斯卡，
便动身到树林里去砍柴……

# 第二部　红鼻头严寒大王

## 十六

天寒地冻。覆雪的原野闪着白光，
　　前面是黑压压一片树林，

萨夫拉斯卡不慌不忙地走着，
　　在路上遇不见一个行人。

多么静啊！乡村里发出的声音
　　仿佛就在耳边鸣响，
那撞在树根上的滑木①
　　震响着，尖叫着，使人心慌。

周围的一切——全没有心情观看，
　　原野闪耀着宝石般的光辉……
想必是太阳有些耀眼——
　　达丽亚的眼里充满了泪水……

## 十七

田野是寂静的，但树林里
更寂静，也仿佛更明亮。
越往前走——树木越高大，
阴影也就拖得更长，更长。

树林，太阳，阴影，
死沉沉的、阴惨惨的幽静……

---

① 俄罗斯风俗：不祥之兆。

可是——听啊！那悲切的怨诉，
那喑哑的、使人绝望的吼声！

悲哀压倒了达丽尤希卡[①]，
森林冷漠地谛听着她，
她的声音在荡漾、在发颤，
好像呻吟，断断续续，任意飘散。

圆圆的太阳冷酷无情，
好像猫头鹰黄色的眼睛，
淡漠地从天上俯视着
寡妇的沉重的苦痛。

可怜的寡妇心灵里
许多弦儿都已经断了，
而且永远地、秘密地留在
那荒无人迹的密林里。

她是幼小孤儿的母亲，
她那寡妇的巨大痛苦
虽然被自由的小鸟窃听了去，
可这些鸟儿却不会向人吐露……

---

① 达丽亚的爱称。

## 十八

不是驯犬者[1]在密林里吹号角，
不是淘气鬼在哈哈狂笑，
而是那年轻的寡妇
痛哭了一场，正在砍伐树木。

砍下来，往雪橇里扔去——
但愿快一点把它装满，
她自己还未必注意到
眼睛里的泪水总是流不完：

有一滴泪珠要从睫毛上掉落，
它一晃就掉到雪地上——
一直钻到了地面，
把雪地烫了一个深深的小窝；

另一滴掉在树干上，
掉在砍下的木柴上——你看，
它凝成了一颗大大的珍珠，——
结结实实，又白，又圆。

① 指为贵族饲养猎犬的人。

还有一滴在眼睛里一闪，
从脸上滚下，像箭一般，
阳光在泪珠上嬉戏闪动……
达丽亚忙着要把活儿干完。

只顾砍柴——忘记了寒冷，
她没感到两脚冻得发疼，
而她整个身心都在想念丈夫，
呼唤着他，并在同他谈心……

## 十九

………
………
“亲爱的人儿！春天里
小姐妹们跳环圈舞的时候，
又要把我们的美人玛莎抬起，
而且抬在手臂上摇动！

　　“抬在手臂上摇动，
　　而且要向上抛，
　　叫她‘罂粟果’

并把罂粟果抖落[1]！

“我们的玛莎满面通红，
像一朵小小的罂粟花，
她有一双蓝眼睛，淡褐色辫子像一束亚麻！

“她会用小脚踢腾，
还会嘿嘿地笑……咱们俩，
你，我的亲爱的，
咱们要好好地欣赏一下！……

## 二十

“死了，你没有活到老年，
死了，你被埋进黄土里！，

“春天人人都欢喜，
阳光是多么明丽。
太阳使万物复活，
大自然展现了它的美丽，
青草请求人们去收割，

① 这是一种著名的民间游戏，名叫“播罂粟”。一个美丽的姑娘坐在圆圈的中央当罂粟果，末了人们把她向上抛掷，即表示罂粟的散播；此外，还常由一个傻气的小伙子当罂粟，在抛掷时他常遭受拳击。——原注

田野邀请农人去耕犁。

“我这苦命人起来得很早，
在家没有吃，身边也没有带，
我耕地一直耕到天黑，
　　夜里我修理镰刀，
　　清早我又去割草……

“我的脚啊，你站稳一点吧！
白白的手啊，你不要疼痛吧！
　　只得一个人干啊！

“在田野，我一个人太疲倦，
在田野，我一个人不习惯，
　　我要呼唤亲爱的人！

　　“我种的地好吗？
　　出来呀，亲爱的，你看一看！
　　我割的草干不干呢？
　　我堆的干草垛周正吗？……
　　在割草的那些日子里
　　我总是在草耙上休息！

“没有人来教会女人劳动！

没有人来启迪女人的智能……

## 二十一

“家畜放进树林里去了，
黑麦老妈妈开始秀穗了，
上帝赐给了我们好收成！
如今麦秆高到了胸口上，
上帝赐给了我们好收成！
可是她却没有延长你的寿命，——
无论你愿不愿意，只得一个人去干呀！

“牛虻嗡嗡地叫着，咬着，
口里干渴得要命啊，
太阳晒热了镰刀，
太阳照花了眼睛，
它烧着我的头和肩，
烧着我的手和脚，
好像来自火炉里，
黑麦也散发着腾腾的热气，
脊背累得酸疼，
手脚疼得更凶，
一个个红色的、黄色的圈儿
在我眼前升起……

　　赶快收割吧，
　　你看——成熟的谷粒流满地……

“在一起，事情会做得又快又好，
在一起，劳动会充满欢愉……

## 二十二

“亲娘啊，我的梦应验了！
那是救主节前做的梦。
在午后，我手拿着镰刀，
一个人在田野里睡着了，
我梦见：一支强大的兵力——
无数的军队——在向我攻击，
他们威胁地挥着双手，
恐吓地瞪着两眼。
我想要逃跑，
可我的腿儿不听使唤。
于是我开始求救，
于是我大声呼喊。

“我听见，大地在颤动——
母亲首先跑出来，
草儿被踩倒，在脚下簌簌响——

孩子们急急忙忙跑向母亲。
田野里的风磨，因为没有风，
不能迅速地转动翅膀：
兄弟来了，躺在地上，
公公慢吞吞地走来了。
大家都来了，都跑来了，
但只有一个亲爱的人
我的眼睛却不曾看见……
于是我把他呼唤：
‘你看，一支强大的兵力——
无数的军队，——在向我攻击，
威胁地挥着双手，
恐吓地瞪着两眼：
为什么你不来救我呢？……’
这时候，我向四面一看——
上帝啊！都躲到了哪儿去？
我这是怎么啦？……
这里没有什么军队啊！
这不是一些剽悍的人，
不是布苏尔曼[①]的军队，
这是黑麦的饱含着
成熟的谷粒的穗子

① 指鞑靼人。

涌到这儿跟我打仗哩！

“它们在摇摆、喧嚷、攻击，
它们搔着人的手和脸，
使麦秆向镰刀低下头去——
再也不想在这儿待下去！

“我敏捷地动手割起来，
我割着，可是大颗大颗的谷粒
撒落在我的脖颈上——
好像在冰雹下站立！

“一过夜，所有我们的
黑麦老妈妈就会落光……
你在哪儿呢，普罗克·谢瓦斯季亚内奇？
怎么不来帮忙呢？……

“亲娘啊，我的梦应验了！
现在我要一个人来收割了。

“没有亲爱的人帮助，我来把黑麦收割，
把麦捆捆紧，
我的眼泪向麦捆滴落！

“我的眼泪不是珍珠，
痛苦的寡妇的眼泪啊，
上帝要你干什么，
你有哪一点值得它宝贵啊？……

## 二十三

“冬天的夜啊，你是这样的漫长，
没有亲爱的人，睡觉也觉闷得慌，
我织起了麻布，
免得再痛哭悲伤。

“我要织出许许多多麻布，
又细又薄，质地优良，
亲爱的儿子将会长大，
长得结实而又粗壮。

“在我们这块地方，
他是最好的新郎，
我们打发可靠的媒人，
给小伙子说一位姑娘……

“葛里沙的鬈发我来亲自梳理，
我们的头生儿子长得红里透白，

新娘也生得同样健康、美丽……走吧！
祝福年轻人去举行婚礼！……

“我们像等待节日似的等待着这一天，
记得吧，当葛里舒哈[①]刚会走路的时候，
我们曾整夜地谈论着，
　　将怎么给他娶妻，
为了举办婚事，我们慢慢地把钱积蓄……
　　瞧啊——我们等到这一天了，谢天谢地！

　　“听，铃铛叮当叮当地响！
　　迎亲的车队已经归来，
　　快点出来迎接吧——
孔雀似的新娘，小鹰似的新郎！——
　　将谷粒撒在他们身上吧，
　　将蛇麻草也撒在年轻人的身上！[②]……

## 二十四

“畜群在幽暗的森林里徘徊，
牧童在森林里剥着树皮，

① 葛里沙的爱称。
② 用蛇麻草和谷粒撒在青年人身上，表示将来生活富足。——原注

一只灰狼从森林里出来。
　　它要将谁的绵羊叼去？

“漆黑的乌云密密层层，
正高悬在我们村庄的上空，
闪电的火箭将从云端发射，
　　它要把谁家的房屋击中？

“不好的消息在人民中间传播，
青年们再不能长久地自在逍遥，
　　很快就要招募新兵了！

“我们家这年轻人是独生子，
我们只有葛里舒哈和小女儿两个孩子，
　　可是我们的村长是强盗——
　　他会说：这是村公社的决议！

“我们的孩子一定会把性命断送，
起来吧，你快来庇护亲爱的儿子！

　　“不，你不能庇护了……
你的惨白的手臂垂下了，
你的明亮的眼睛永远闭上了……
　　我们孤苦伶仃好苦啊！……

## 二十五

“我是不是没有祈祷圣母？
　　我是不是一个懒惰的人？
黑夜里去搬请灵异的圣像，
　　我一个人也不觉得害怕、担惊。

“风吼叫着，吹积起一个个雪堆。
　　没有月亮——哪怕有一线光明呢！
仰望天空——那是一口口棺木，
　　锁链和铁锤从乌云中涌出……

“我是不是没有为他尽心尽力？
我是不是有所吝惜？
我害怕告诉他，
我有多么爱他！

“星星在黑夜里出现，
我们的光明会不会来到呢？……

“一只野兔从土墩下窜出，
兔儿呀，站住！不许你
跑过我正在走着的道路！[1]

---

① 俄罗斯民间认为，路上兔子从人前跑过是不祥之兆。

“谢天谢地，它窜进了树林里……
到夜半时分，就越来越感到恐惧，——

“我听见，魔鬼
在森林里东奔西突，
又是嗥叫，又是哭诉，

“我什么事情招惹了魔鬼？
避开我！我会把礼物
奉献给至贞的圣母！

“我听见马儿在嘶叫，
我听见豺狼在哀嚎，
我听见有什么在紧跟着我，——

“野兽，你不要把我追逐！
剽悍的强人，也不要走近，
我们的血汗钱每一个都很贵重！

---

“夏天他还在世上干活，
一冬未见过儿女的面，

我夜夜想念着他，

　　夜夜合不上眼。

“他赶着车，挨着冻……我也满腹忧伤，

　　用丝一般的亚麻来纺线，

纺出的线儿是那样长，

　　就像他那漫长的道路一个样。

“我的纺锭在跳跃，在旋转，

　　不断撞着了地面。

普罗克鲁希卡[①]走着，在车辙上画着十字，

在山冈上，他亲自挽着货车往前趱。

　　“一夏又一夏，一冬又一冬，

　　我们就是这样把钱挣！

“请可怜可怜贫苦的农夫吧，

　　上帝啊，我们将一切都奉献给你，

把我们一戈比一戈比、一个铜子一个铜子，

　　辛辛苦苦积攒下来的一切都奉献给你！……

---

① 普罗克的爱称。

## 二十六

“到此为止，你森林的小径啊！
森林在这儿也到了尽头。
黎明时候，金色的星星
忽然从天国
坠下——陨落了，
上帝向它吹了一口气，
我的心猛一战栗：
我想着，回忆着——
当星星坠落的时候，
我想了些什么？
想起来了！我的两脚站起，
努力地走着，可是走不动啊！
我想，在活人中间
怕再也见不到普罗克……

“不！天上的女皇不会让他死去！
灵异的神像必定会把他治愈！

“我画了个十字，
飞快地向前跑去……

“他有勇士般的力量，

上帝发发慈悲呀，他不会死亡……
这就是修道院的高墙！
我的头的影子
已经落到修道院的门上。

“我深深地一躬到地，
我站稳了脚步，抬头一望——
一只乌鸦正栖在金十字架上[①]，
我的心又是一阵战栗！

## 二十七

让我等了很久很久——
苦行修女们那天正埋葬一个姐妹。
“早祷在进行着，
修女们缓慢地在教堂里走来走去，
黑色的法衣穿得整整齐齐，
只有死者穿着洁净的白衣：
那年轻的、安静的死者——沉睡着
她知道天堂里会有什么。
竟连我这个卑微的人，
也吻了吻你雪白的小手！

① 俄罗斯民间认为，乌鸦栖在金十字架上是不祥之兆。

我久久地望着你的脸：
你比所有的人都年轻、漂亮、温和，
你在修女们中间，好像是
一群灰蓝色鸽子里的一只白鸽。

“她手里攥着一挂乌黑的念珠，
额头上扎着一条有彩绘的带饰。
黑色的丧罩在棺材上覆盖——
那上面绘有这么多善良的天使！

“我的亲爱的小燕儿啊，
请用你神圣的双唇去求求上帝，
千万不要让我成为
带着两个孤儿的苦命寡妇！

“她们亲手把棺材抬到坟地，
唱着挽歌，哭泣着把她埋葬。

## 二十八

“圣像在行进，跟着一大群人。
修女们唱着赞美诗，护送着它。
人们也都恭敬地去吻它。

“圣母享有无上的尊敬：
老人和青年丢开了活儿，
　　走出村来，跟在它后面送行。

“病人和残废也被抬着向她走去……
我知道，圣母啊！我知道：
　　你使很多人得到了安慰。

“可你就是对我们不发慈悲！
………………………………
………………………………
上帝啊！我已经砍了多少柴！
　　满装了一车，没有法子运回来……”

## 二十九

诸事完毕，
把劈柴放上雪橇，
抓起了缰绳，
这寡妇正要走上归程。

可是她又站着想了想，
呆呆地拿起了斧子，
呜呜咽咽地小声哭泣着，

向一棵高大的苍松走去。

她的两腿勉强支撑着身体，
忧愁折磨够了她的心灵！
这时出现了悲伤短暂的平息——
一种偶然的可怕的寂静！

她痴痴呆呆地在苍松下站着，
没有思想，没有眼泪，没有呻吟。
森林里是死一般的沉寂——
严寒愈加凛冽，白昼一片明净。

## 三十

不是狂风在松林上空咆哮，
不是溪涧从山上向下奔腾，
那是严寒大王
在他自己的领地巡行。

他看看森林里所有的路径，
暴风雪是不是遮盖得严严实实，
路面是不是还有裂缝、空隙，
是不是还有露出的光地？

苍松的树梢是不是茂盛，
橡树上的花纹是不是美丽？
那大大小小河流上的冰层
结得是不是硬实？

他走着——在树梢上迈着大步，
他把冰层踏得咯吱咯吱响，
明丽的阳光嬉戏在
他那蓬松的胡须上。

魔法师的道路到处畅通，
听啊！白发苍苍的大王越走越近。
他忽然来到她的上边，
在她的头顶上出现！

他攀上了高大的苍松，
用棒槌敲打着松枝，
于是他轻轻地唱起
一支豪放的夸口的歌曲：

## 三十一

“瞧一瞧吧，年轻的少妇，放大胆子，
瞧我严寒大王长得怎么样！

你遇见过的年轻小伙子
未见得比我更加漂亮和强壮？

“雪暴、飞雪和浓雾，
总是服从我——严寒，
我要到那汪洋大海——
建造一座座冰的宫殿。

“如果我愿意——我便让长川大河
长久地在坚冰下隐藏，
我要建造一座座的
人们不能建造的冰的桥梁。

“那急湍、喧闹的江河
不久前还在自由地奔腾，
但是今天却有人步行走过，
满载货物的车队也在通行。

“我爱将深深坟墓中的死者
薄薄地敷上一层冰霜，
使血管里的鲜血凝结，
把头壳里的脑髓冻僵。

“为使不怀好意的盗贼感到苦痛，

为使骑者和马儿大吃一惊，
我爱在夜晚的时候，
在森林发出噼啪的响声。

“女人们抱怨着林妖，
匆匆地往家里逃跑。
对于醉鬼，骑马和步行的，
我更要大开他们的玩笑。

“不用白粉，我会把满脸涂白，
我还会使鼻子通红似火焰，
我会把胡子和缰绳冻结在一起，
哪怕你用斧子也砍不开！

“我是富翁，我的财产数不清，
这些财产决不会减少，
我用宝石、珍珠、白银
把我的王国装饰得十分美妙。

“请跟我走进我的王国，
请你做这王国的皇后！
冬天，我们光荣地统治着，
夏天，是我们沉睡的时候。

“进来吧！我将你爱抚，给你温暖，
我要赐你一座淡青色宫殿……”
于是，严寒大王在她的头上
挥动起冰做的权杖。

## 三十二

“你觉得温暖吗，乡下的少妇？”
他从高高的树顶向她喊叫。
“温暖呀！”这寡妇答道，
而她却浑身发冷，冻得发抖。

严寒大王越降越低了，
他又挥了一下权杖，
更温柔、更轻悄地向她说道：
“温暖吗？……”“温暖呀，亲爱的大王！”

温暖呀——可是她已冻僵。
严寒大王摸了摸她的身体：
向她的脸上吹送着空气，
从他那苍白的胡子上
向她撒下无数的针棘。

看吧，他已在她的面前降临！

“温暖吗？” 他又追问了一声
他忽然变成了普罗克鲁希卡，
并且不断地亲吻她。

这个白发苍苍的魔法师
吻着她的唇，她的眼，她的肩，
而且还向她小声说着
那好像夫妻间甜蜜的语言。

她是这样地爱听
他的甜蜜的语言，
达丽尤希卡合上了眼睛，
斧子也滑落在脚边，

一丝笑意浮现在
那痛苦寡妇的苍白的双唇，
她的睫毛细密而又洁白，
眉心里结出了一些冰针……

## 三十三

穿着晶莹璀璨的霜衣，
伫立着，她浑身慢慢地冰凉，
然而她梦见了炎热的夏日——

黑麦还没有完全运光，

但是收割完了——他们多么轻松！
男人们搬运着一捆捆的麦束，
达丽亚在紧靠河边的田中
挖掘着自己种的马铃薯。

她的婆婆——一个年迈的老妇，
也在这里干活；美丽的玛莎，
这贪玩的孩子，坐在鼓鼓的麻袋上，
手里还拿着个胡萝卜。

大车，轧轧地响着赶来了——
萨夫拉斯卡望着自己的主人，
而普罗克鲁希卡迈着大步，
紧跟着一车金色的麦束。

“上帝保佑！葛里舒哈哪儿去了？”
父亲顺便提起。
“在豌豆地里，”老妇说道。
“葛里舒哈！”父亲在喊叫，

向天上望了望。“想是不早了吧？
还是喝点儿……”主妇站起身，

于是，从白木壶里倒了克瓦斯
递给普罗克畅饮。

葛里舒哈这时候才答应：
他周身缠绕着豌豆，
活活泼泼的一个孩子，像是变成了
那会跑的绿色灌木丛。

“他跑来了！……唔！……淘气鬼，跑来了，
像飞一样奔跑！”
只有一颗头是白的，
葛里舒哈浑身黑得像一只穴鸟。

他喊叫着，蹦蹦跳跳跑了来
（脖子上套着豆蔓编的项环）。
他拍着奶奶、妈妈、小妹——
像一条泥鳅，来回地旋转！

孩子从母亲那儿得到温存，
而父亲把孩子拧得发疼；
这时候，就连萨夫拉斯卡也不打盹儿了：
它将自己的脖子伸了又伸。

它勉强够到了——露出牙齿，

它津津有味地嚼着豌豆棵，
并用自己柔软和善的嘴唇
碰了碰葛里舒哈的耳朵……

## 三十四

玛舒特卡向父亲叫道：
“爸爸，带我去！”
她从麻袋上跳下——但是跌倒了，
父亲把她扶起。“不要哭！

“跌伤了——算不了什么！……
我再不要女孩子了，
老婆子，像这样的淘气鬼，
你到开春再给我生一个！”

妻子害臊了，
“有一个你已经够了！”
（但她知道，心房下已有一个胎儿
在跳动……）“唔！玛舒克，没有什么！”

普罗克鲁希卡搭上了车，
安置玛舒特卡跟自己一起坐好。
葛里舒哈也跑着跳了上去，

车就辚辚地滚动起来了。

一群麻雀从麦束上飞起，
在大车的上空回旋飞翔。
用一只手遮着太阳，
达丽亚久久地踌躇观望，

望着孩子们跟父亲驶近了
自己烟雾弥漫的烘棚，
而孩子们那绯红的脸儿
从麦束堆里向她露出笑容……

听啊，歌声！多么熟悉的声音啊！
那歌者的声音是多么动听……
达丽亚最后的痛苦的痕迹
已从她的脸上消失干净，

她的灵魂已随着歌声飘去，
她已完全沉醉在歌声里……
世界上再没有比它更美妙的歌儿，
听到这样的歌，只有在梦里！

上帝知道——那歌儿唱的是什么！
我没有理解歌词的本领，

但是它能使内心感到满足，
它洋溢着人间的无限欣幸。

它让人感到同情的温柔爱抚，
爱情的誓言长在……
满足与幸福的微笑
一直没有从达丽亚的脸上离开。

## 三十五

无论付出什么代价，
我的农妇陷入了梦境，
这有什么要紧？她微笑了。
对她，我们不要去怜悯。

森林所给予我们的，
是最深沉，最甜蜜的宁静，
森林安静而无畏地伫立着，
上面是寒冷的严冬的天空。

没有什么地方可以使疲惫的胸膛
呼吸得这样自由舒畅，
如果我们活够了，
我们也不需要更甜蜜的长眠地方！

## 三十六

万籁无声啊！
心灵正为悲伤和爱情慢慢地死去。
你伫立着，你会感到
那征服她的是死一般的沉寂。

万籁无声啊！你看见蔚蓝色的
天空，森林，太阳，
你充满了奇迹的森林啊，
你穿着银白色冰霜的衣裳，

它用不可思议的秘密吸引着人们，
它是那样的冷漠无情……但是听啊，
偶然响起了一阵沙沙声——
有一只小松鼠在树梢上跳动。

它在松枝上纵身一跳，
把一块积雪踩落在达丽亚的身上。
达丽亚伫立着，
在自己魔力无边的梦里已经冻僵……

（1863 年）

# 铁 路①

瓦尼亚（穿车夫式上衣）：

爸爸！这条铁路是谁修的？

爸爸（穿红里子大氅②）：

宝贝儿！是彼得·安德烈耶维奇·克

列因米赫尔伯爵③。

——车厢谈话

---

① 诗里所写的都是事实。铁路，即1843年—1851年所修的彼得堡与莫斯科间的尼古拉铁路（今称“十月铁路”）。当时一般都认为：以残暴著称的“交通总管理局局长”彼得·安德烈耶维奇·克列因米赫尔伯爵（1793—1869）是这条铁路的建设者。那时—个挖土工人半年辛苦劳动，可是“公家发给的津贴费”十七卢布五十戈比（即每月不到三卢布）；他们赤身裸体，无衣无鞋，工头们千方百计克扣他们，稍露不满，即用皮鞭严刑拷打。《铁路》一诗，不仅展示了劳动人民——真正的铁路建设者所面临的无穷苦难和剥削，而且还形象地指出了俄国各族人民拥有铺设通向未来的光明大道的雄厚力量。这是俄国诗歌史上第一首歌颂人民群众建设性和创造性劳动的不朽诗篇。

这首诗给当时的青年灌输了革命的意识，反应是强烈的。普列汉诺夫曾回忆说：“我当时是军事学校最高年级的学生。我们常在午饭后几个人坐在一起诵读涅克拉索夫的作品。有一次刚读完《铁路》，上课铃响了，要去上军事训练课。我们藏起书本到军械库去拿枪。刚刚读过的那些东西给我们留下了十分强烈的印象。在我们开始排队的时候，我的朋友C走到我跟前，手里握着枪，悄悄对我说：‘哼，我真想拿着这条枪去为俄国人民而战斗！’”

此诗最初发表于1865年的《现代人》。《现代人》为了刊载《铁路》，曾经接到第二次警告，杂志因此受到封闭的威胁。审查官竟指称涅克拉索夫的诗是“可怕的诽谤”，说他的诗在于唤起人们“对最高政府的愤慨”。

② 当时的将军穿红里子大氅。

③ 彼得·安德烈耶维奇·克列因米赫尔伯爵是沙皇尼古拉一世时期的交通总管理局局长。

一

美好的秋天啊！有益健康的
清新空气，振作起疲乏的力量；
初冻的小河覆上了松软的薄冰，
像是铺着一层融化了的白糖。

树林边上，像柔软的卧榻，
安静，宽绰，可以大睡一觉！
树叶还没有完全枯干，
鲜艳金黄，好像一张地毯。

美好的秋天啊！寒冷的黑夜，
晴朗而寂静的白天……
大自然中没有丑恶的东西！
丘陵，树墩，长满青苔的沼地——

在月光照耀下一切都那么美好，
我要到处去了解亲爱的罗斯……
我沿着铁轨飞快地奔驰，
我正在想着我自己的心思……

## 二

好心的爸爸呀！为什么
要迷惑聪明的瓦尼亚？
请让我在月光下
告诉他真情实话。

瓦尼亚，这项工程浩大得惊人——
一个人的力量决不能胜任！
人世上有个暴君，这个暴君残酷无情，
“饥饿”——就是他的姓名。

他统率着军队；他驾驶着海船；
他把人们赶进了劳动组合，
他紧跟着耕犁，他就站在
石匠、织工的肩膀后边。

他驱策千千万万人民来到这里。
人民在这场骇人听闻的斗争中，
给这不毛的荒原平添了无限生机，
又在这里给自己找到葬身的墓地。

正是这条铁路：狭窄的路基，
铁轨，桥梁，一根根标柱，

而铁路两旁尽是俄罗斯人的白骨……
那有多少啊！你知道吗，瓦涅奇卡[①]？

听！那凄厉的叫喊！
那脚步声和咬牙切齿的声音，
一个幽灵遮住了结满冰霜的玻璃窗……
那里是什么？是一群死人！

一会儿越过铁路，
一会儿在两旁飞奔。
你听见那歌声吗？“在这月夜里，
我们最爱看的是自己的劳动！

“我们永远弯着腰、驼着背，
在酷热和严寒中毁了自己的身体，
我们住在土窑里，与饥饿做斗争，
冻僵了，淋湿了，染上了坏血病。

“能写会算的工头敲榨我们，
长官鞭打我们，贫困压迫我们……
一切我们都忍受过，我们这些上帝的战士
劳动的和平儿女们！

① 瓦涅奇卡、瓦纽沙都是瓦尼亚的别称。

“弟兄们！你们获得了我们的成果！
我们注定要在地下化为灰尘……
你们是永远悼念我们这些可怜人呢，
还是早已忘记了我们？……”

不要害怕他们那粗野的歌声！
他们来自沃尔霍夫、奥卡和伏尔加母亲，
来自这个伟大国家的各个边缘角落——
这些人都是你的庄稼汉弟兄们！

胆怯、用手套遮脸是可耻的，
你已经不是孩子了！亚麻色头发，
看，那个魁梧的白俄罗斯病人，
已被疟疾折磨得筋疲力尽：

嘴唇没有血色，眼睑深陷下去，
干瘦的双手溃烂出脓，
长年站在没膝深的水里，
两脚浮肿；满头生着纠发病；

下陷的前胸，一天一天地，
永远使劲向着铁锹压去……
瓦尼亚，你仔细瞧瞧他吧：

一个人挣块面包多么不容易！

他现在还没有伸直自己
那驼峰似的脊梁：只是迟钝地沉默不语，
用生锈的铁锹机械地
凿着上了冻的土地！

我们都不妨学一学
这种高尚的劳动习惯……
感谢人民的劳动吧，
还要学会尊敬庄稼汉。

为了亲爱的祖国，你不要畏怯……
俄罗斯人民忍受得够多了，
他们受够了这条铁路带来的苦难——
而且还要忍受上帝赐给的一切！

他们还要忍受一切——并用自己的胸膛
给自己开辟一条宽广、光明的道路。
只可惜——不论是我和你，
都活不到这最美好的时期。

三

这时候，震耳欲聋的汽笛
一声尖叫——那群死人立刻消失不见！
“爸爸，我做了一个奇怪的梦，”
瓦尼亚说：“五千来个庄稼汉，

“俄罗斯各族人民的代表
突然出现——而他[①]告诉我：
‘他们就是这条铁路的建设者！……’”
将军听了哈哈大笑！

——前不久我在梵蒂冈城垣里游玩，
并在科里色[②]徘徊过两个夜晚，
我在维也纳见到过圣·斯特凡教堂，
怎么……这也都是人民所创建？

请原谅我这不逊的笑声，
您的逻辑有点儿荒诞。
莫非您觉得别尔维德尔宫[③]的阿波罗
还不如放在炉中的瓦罐？

---

① 指讲故事的人，即作者。
② 古罗马的大剧场。
③ 梵蒂冈宫中的一部分，藏有阿波罗（太阳神，缪斯的保护者）雕像。

就是您的人民——他们把这些浴场[1]和澡堂，
艺术的奇迹——把一切都偷得干干净净！
“我并不是对您，而是对瓦尼亚说这些话……”
但将军不让人提出疑问：

——你们的斯拉夫人、盎格鲁撒克逊人、日耳曼人
不是创造的好手——倒是破坏的能人，
一群粗野的醉鬼！愚昧无知啊！……
不过，倒是应该照顾一下瓦纽沙；

您知道，用死的景象，悲伤的气氛
来搅扰一个孩子的心是有罪的。
您最好现在就让孩子看一看
那光明的一面吧……

## 四

　　　　　　　　　　我很愿意指点！
你听我说，我亲爱的：致命的劳动
已告结束——德国人已把铁轨铺好。
死人埋入地下；病人

① 古罗马华丽的沐浴建筑，为当时最杰出的建筑纪念物。

藏在土窑；劳动人民

吵吵嚷嚷聚集在账房附近，
他们猛搔着自己的后脑：
每个人都欠下承包商的账，
很多钱因旷工还要扣掉！

工长们把什么都记入簿子里——
是不是生过病，是不是洗过澡：
“大概现在已所剩无几，
正是这样，你过来……”他们把手一招……

那个穿蓝长衫的可敬的粮商，
胖胖的、矮矮的，脸红得像一块紫铜，
承包商在节日乘车去沿线走走，
他前去看一看自己的工程。

闲散的人们恭恭敬敬给他让路……
那个胖商人揩着脸上的汗水，
神气活现地叉着腰说道：
“行啦……还好……伙计们！……伙计们！……

“上帝保佑，现在都回家吧，祝你们健康！
（我说话——你们要脱帽！）

我拿出一桶酒来敬工人们一杯，
而且——我把欠款全部免掉……”

有人喊起了“乌拉”。人们全都附和起来，
声音又高、又齐、又长……瞧：
工长们唱着歌滚出一桶酒来……
这时候就是一个懒汉也站不住了！

人们卸下了马——高呼着“乌拉”，
沿着铁路向那个胖商人飞奔……
看来，很难再描绘一幅
更愉快的图画了，将军？……

（1864 年）

# 纪念杜勃罗留波夫[①]

你是严肃的，在青年时代
你就善于让热情服从理智。
你教人为荣誉和自由而活着，
你更教人为着它们而死去。

你自觉地舍弃了世俗的享受，
你保持了纯洁的心灵，
你没有满足心头的渴望；
你热爱祖国，犹如热爱一个女人，
你将自己的著作、企图、希望

---

① 此诗是为杜勃罗留波夫逝世三周年而作。涅克拉索夫在创作这首献给已故友人的诗时，用他自己的话说，即“竭力去表现杜勃罗留波夫曾经珍爱的社会活动家的那种理想”。

列宁在其哀悼恩格斯的著名悼词中引用了这首诗的名句：

一颗多亮的理智巨星陨落了！
一颗多高洁的心停止了跳动！

此诗最初发表于1864年的《现代人》，由于审查时的删改和歪曲，刊出时既无作者署名，也未写明纪念对象，只用了杜勃罗留波夫的下列诗句作为题词：

亲爱的朋友，我正在死去，
但我的心里却很宁静，
我还要向你祝福——
祝你沿一条路阔步前行……

都奉献给了她；你为她征服了
那些正直的心。你号召向新生活奔突，
你为严厉的爱人准备了
快乐的天堂和花冠的珍珠，

可是你的丧钟敲得太早，
你那先知的笔已掉落，从你的手中，
一颗多亮的理智巨星陨落了！
一颗多高洁的心停止了跳动！

一年年过去，热情减退了，
而你却在我们当中高高耸立……
哭泣吧，俄罗斯大地！但你很值得骄傲——
自从你在这广阔的天空下崛起，

你还没有产生过一个这样的儿子，
也还没有把这样的人收回自己的怀抱：
在他身上汇集着如此丰富的
宝贵的心灵美和高尚情操……

大自然母亲啊！你若是
不常把这样的人送来人间，
那么，生活的田野就会荒芜一片……

（1864 年）

# “别林斯基特别令人爱戴……”①

（《熊猎》片段）

别林斯基特别令人爱戴……
我向你那多灾多难的幽灵祈祷，
导师啊！在你的名字面前
请让我恭顺地双膝跪倒！

那些日子，在罗斯一切都因循守旧，
昏昏欲睡，并可耻地谄媚逢迎，
你的智慧沸腾了——你顽强地劳动着，
开辟出一条条崭新的途径。

你对任何工作都不鄙弃：
“我是个勤杂工，不怕干粗活！”
你多次对我说，于是你不顾一切地
扑向真理，你伟大的自修者！

---

① 这个抒情喜剧《熊猎》的片段，被赋予就当时紧迫的社会问题进行对话的特色。

与诗中“多余的人”“自由主义空想家”的形象相对照，作者描写了革命民主主义者别林斯基的形象。

此诗最初发表于1868年的《祖国纪事》。发表时的题目为：《抒情喜剧〈熊猎〉中的几场》。本诗系其中的一个片段。标题为译者后加。

你慈爱地教会了我们思维，
你几乎是第一个想到人民，
你几乎是第一个跟我们
提起了自由，博爱，平等……

你变得越来越坚强，
在糊涂人看来，你是那样变化无常，
但在敌人的面前你固执而骄傲，
你跟朋友在一起又腼腆又温良。

你从不认为自己抵得上一顶皇冠，
你的智慧永不熄灭，发出熊熊烈焰，
无论对自身还是对生活
你一直都心怀神圣的不满——

那是这样的不满：有了它，
便没有自欺欺人和停滞不前，
有了它，便不会可耻地脱离队伍，
即使我们到了那垂暮的老年。

那是这样的不满：为了把我们掩护，
它对老人们说："你们快进坟墓！"
而不让我们活着的人
起来反对新生的事物。

（1867 年）

# 歌[1]

（《熊猫》片段）

放我走吧，妈妈，
放我走，不要争吵！
我一直生长在海边，
我不是田间的小草。

我梦见海上的大船，
而不是渔夫的孤帆，
烦闷啊！日月悠悠，
实在叫人难以排遣。

周围是深邃的幻梦，
我像被幽禁在牢房，
放我走吧，妈妈，
放我到辽阔的海洋。

① 这是《熊猫》的剧中人柳芭·塔鲁季娜唱的歌。柳芭是一个外省姑娘，她渴望去做演员，却遭到母亲的反对。因为母亲曾当过演员，深知女演员的痛苦。此诗 19 世纪 70 年代曾在进步青年中广泛流传，被理解为对革命的追求。

你也曾以洁白的胸膛
冲破过重重的巨浪，
那时我感到你自豪，
幸福，而又富有胆量。

你虽没有唱着凯歌
胜利地游近彼岸，
但你这可怜的一生
也尝到胜利的甘甜。

哪怕我被痛苦压倒，
你也别为女儿心焦！
既然是生长在海边，
小花儿也不得脱逃。

反正一样！今天幸福，
明天还会有风暴，
连阴天久久不晴，
海风会呼呼地怒号。

风儿追逐着泥沙，
总会掩盖岸边的小花，
然后永远地把它埋掉！……
放我走吧，亲爱的妈妈！……

（1867 年）

# “我不久就要死去。啊，我的祖国”①

（献给把《不会有这样的事》一诗
寄给我的不认识的朋友）

我不久就要死去。啊，我的祖国！
我留给你的遗产是多么菲薄。
在令人痛苦的斗争中，在致命的压迫下，
我把自己的童年和青年时代度过。
短暂的风暴更加使我们顽健，
虽然它一度使我们感到慌乱，

① 涅克拉索夫为了使《现代人》杂志免遭查封之祸，曾在彼得堡的英国俱乐部朗读了写给“绞刑吏”穆拉维约夫的一首献诗。在这首诗里，诗人对自己的这种行为流露出深切的感受和沉痛的反省。列宁在《向民主派的又一次进攻》一文中说：“涅克拉索夫也正由于自己的软弱性，向自由派弹了一些阿谀逢迎的调子，但他也因为自己犯过的‘罪过’而深深痛恨自己，并且公开表示忏悔：

我从来都不出卖竖琴，
但每当无情的灾祸突然来临，
我的手便常在竖琴上弹出
不正确的声音……

‘不正确的声音’——涅克拉索夫自己就是这样说他对自由派的阿谀逢迎的罪过的。”（见《列宁全集》中文版第 18 卷第 306—307 页。但其中引诗，用的则是本书的译文。）

标题为译者后加。

但长期的风暴，则在心灵里
永远养成胆小怕事的习惯。
那些年令人忧郁不快的印象
在我身上留下不可磨灭的创伤。
那自由的灵感，我体验得何等少啊，
啊，祖国！我是你悲伤的诗人！
我和我忧郁的缪斯一起，
在前进中曾遇到过多少阻力？
为了和人民具有共同的一滴血，
请把这轻微的劳动权当我的功绩！

我从来都不出卖竖琴，
但每当无情的灾祸突然来临，
我的手便常在竖琴上弹出
不正确的声音……我早已是孤身一人；
最初，我同许多亲密的朋友一起前进，
但如今又在何处可以找到他们的踪影？
有一些人早已和我分道扬镳，
对另一些人，是我自己把大门关紧；
有的人遭到了残酷的命运，
而有的人却已经离开了红尘……
为了只剩下我孤零零一个，
为了我得不到任何人的同情，
为了我一年年地失去朋友，

而遇到的敌人越来越多——
为了和人民具有共同的一滴血，
啊，原谅我吧，祖国！请原谅我！

你忍耐得使人吃惊的人民，
我负有讴歌你的苦难的使命！
哪怕是把觉悟的一线光明
投向上帝为你指引的道路呢，
但是，我热恋生活，并被习惯和环境
困锁在它那片刻的幸福里，
我用摇摆的步伐向目标前进，
为了这个目的我不愿牺牲个人，
我的歌飞逝得无影无踪，
但它并没有传到人民的耳中，
我亲爱的国土啊，我的歌
得以向你表白的只有爱情！
为了在这一年年变得冷酷的时刻，
我还能把它挽留在我的心中，
为了和人民具有共同的一滴血，
啊，祖国！请原谅我的罪行！……

（1867 年）

# “为什么你们要使我不得安宁”①

为什么你们要使我不得安宁？
为什么要加给我奴才的骂名？……
你，暴怒凶狂的人群啊！
我是你们血肉相连的弟兄！
那是什么逻辑？父辈是凶手，
是一些卑躬屈膝的走狗，
却也把他的子女看成下流，
又是愤怒，又是震惊，
仿佛有了这样的父亲
哪儿还能出什么英雄？
有福了，你盲目无知的年轻人，
一旦发起火来，便拼命
将自己的头往断头台上伸……
但只有被命运宽恕的人们
才深知生命对他们有多么可贵，

① 涅克拉索夫在出席了官方为“绞刑吏”M.H. 穆拉维约夫举办的庆祝会以后，曾经受到多方的责难。这首诗就是对这些责难的回答。此诗在作者死后才根据他的手稿刊出。标题为译者后加。

甚至连个清白的死也难以追寻。
他将站在道路的中央，
他感到困惑而又焦急，
他会想：死亡是愚蠢的，
那只会向他们更明确地证明，
只有邪路才是不变的真理，
更愚蠢的是，用流血的悲剧
去毫无意义地博得他们的欢喜！
每当出现一个疯子，
他傲岸地迎接死亡，
你们的心中是怎样设想？
公众啊？你们的脑子
却只怀着一个心思：
“瞧吧，他会摔断脊梁骨！”
但生命又岂能如此低估？

我寻求的不是什么辩解词锋，
我只是反驳你们的责难依据。
我不想含垢忍辱地生，
但我又不知要为什么而死去。

（1867年）

# 可怕的一年 ①

（一八七〇年）

可怕的一年！报纸的雄辩，
屠杀，那令人诅咒的屠杀！
流血和杀人的印象啊，
你把我折磨到了极点！

啊，爱情！——你的全部的努力何在？
理智啊！——你的劳动的果实在哪里？
暴力和罪行的贪婪的盛宴呀，
这是霰弹和刺刀的胜利！

这一年把不和与战争的种子
都留给了后世的子孙。
世上再没有神圣、温柔的声音，
再没有爱情、自由和宁静！

① 这首诗是为纪念 1871 年 5 月 21 至 28 日巴黎公社的失败而作。苏联学者认为，正题下标出“一八七〇年”的副题，将人引向 1870—1871 年的普法战争，完全是为了迷惑帝俄的书报审查机关。实则是纪念那个“流血的一星期”。

只要仇恨，复仇、致命的
怯懦——沉浸在血泊中，
世上的呻吟便不会消停；
只有你，神圣的诗歌，幸福与爱情的娇女，
只有你默默地不发一声！

像一朵失落在荒漠里的小花，
像一颗陨落在黑暗中的星星，
唉，如今你的呼声是多么微弱！
它必将消亡，因为谁也不要听。

去吧，快，去吧！——致命的怀疑，
你怎么会来到我的唇边？
我相信，还有些活着的心灵，
它们会崇尚诗歌的使命。

但当它们诞生的时候，
同样有霹雳轰响，血流成河；
这些温柔的心灵惶惑不安，
像暴风雨中的小鸟，到处躲闪，
它们在等待光明和温暖。

（1874 年）

# 旅行家[1]

恶狼在城市的街头游荡徘徊，
到处捕食儿童、家庭教师和太太[2]，
人们认为这已不是什么怪事，
他们极力效法的也正是狼豺。

城市里有狼，别墅里也有狼，
有多少豺狼横行在罗斯大地！
那里很快就连一匹驽马都不见……
要到乡村去？此刻？ Merci[3]！

一个普鲁士男爵，颈部、
围着雪白的宽宽带褶花领，

---

① 此诗写于1874年7月13日。涅克拉索夫在将诗寄给《祖国纪事》编辑部的同时，又致函评论家A.M.斯卡比切斯基说，这首诗是“最新事件”的反映。诗里所指，是发生在彼得堡的所谓“陀尔古申分子”案件，他们被指控为在农民当中散发革命出版物。一些农民因此受到百般磨难，有的甚至被逮捕并严加审讯，威胁要把他们投入监狱或判处苦役。

此诗在涅克拉索夫生前一直未能刊出。最初发表于1913年的《遗训》。

② 楚柯夫斯基在《涅克拉索夫的技巧》中指出，据报载当时在俄国的穷乡僻壤，豺狼成群，猖獗为患。

③ 法语，意为：谢谢。

为研究罗斯这个悲惨的国土，
他独自行驶在穷乡僻壤中：

“有吃的吗？”“没有一片面包！”
“牲口在哪儿？”“闹瘟疫死了！”
刚一提起学校和书籍——
人们立刻就跑掉。“得了，得了！

我们不要书——把它交给宪兵！
去年我们从那些过路人手中
用十戈比银币买了两本书，
可遭的罪足够一千个卢布！”

德国人想：“莫非是我耳聋了？
沉重的大锁在校门上挂，
庄稼枯萎了，母牛倒毙了，
这些人又怎能把地租缴纳？”

“观察干什么？记录又有何益？”
男爵自个儿嘟哝，颇有一点忧悒……
快赏他们点零钱和面包吧，
德国佬，看他们有多大食欲……

（1874 年）

# 哀　歌①

（赠 A.H.〈拉科夫〉）

让变化无常的时尚直冲我们说吧，
什么“人民苦难”的主题已经过时，
什么诗歌应该把它忘记，——
青年人呀，你们不要相信！绝不会的。
啊，但愿岁月能使它一年年老去！
但愿上帝的世界会繁荣起来……唉！
当各族人民正听命于皮鞭、生活赤贫如洗，
像瘦弱的牲畜放牧在割得精光的草地，
缪斯将为他们服务，为他们的命运而痛哭，
世上再没有比联盟②更持久、更美好的东西！……
让我们提醒世人，当他们在欢呼和歌唱的时候，
而人民，却正过着穷苦的日子，

---

① 涅克拉索夫的诗，在这个时期常常表现出人民在农奴制改革以后仍很贫困的思想，而且不断号召人民采取革命行动。

1874 年 8 月 29 日，涅克拉索夫写信给他的妹夫 A.H. 叶拉科夫，说：“我把这首诗寄给你，因为这在最近几年所写的当中是我最真诚、最喜爱的一首，我把它献给我最亲爱的朋友。”

此诗最初发表于 1875 年的《祖国纪事》。

② 参阅《啊，缪斯！我已走到坟墓的门边！》

要唤起世上的强者对人民去关心、注意——
还有什么能比这更值得诗歌去服务呢？……

我已经将诗歌献给了自己的人民。
我可能至死也不为他们所闻，
但我为他们效过力，——所以无愧于心……
纵然不是每一个战士都能杀伤敌人，
但每一个人都应该投入战斗！而战斗取决于命运……
我看见了美好的一天：俄罗斯没有一个奴隶！
于是我被感动得掉下了甜蜜的眼泪……
“再不要在天真的陶醉中欢呼，”
缪斯悄悄地对我说道。“应该前进了：
人民虽然解放了，但人民难道都幸福？……”

割麦妇的歌声是否在金黄的庄稼上飘动，
老人是否跟在犁杖后面缓步徐行，
满意的孩子们给父亲带着早饭，
是否嬉戏着、呼哨着在草地上飞奔，
镰刀是否闪亮，长把镰是否唰唰响起——
对这些翻腾在心中的秘密问题，
我正寻找着答案：“在最近这几年，
你这农忙季节啊，收成是否还过得去？
自由，终于代替了长期的奴役，
人民的命运是否有改变？乡下姑娘的歌儿又有什么差异？

难道她们那不和谐的歌声还是那样悲凄？……”

　　天色向晚。我被幻想激励着，
在田野、在布满草垛的牧场中间，
我沐浴着凉爽的暮霭，沉思地徘徊往返，
一首歌儿在我的头脑里形成，
它生动地体现了我刚才的隐秘思想：
我为一切的农村劳动祝福，
我甘愿去诅咒人民的敌人，
我祈求上天把强大的力量赐予我的朋友，
我的歌儿多么响亮！……它在山谷、田野里回荡，
遥远群山的回声频频向她送来自己的反响，
森林也响应起来……大自然在听我的歌唱，
但是，我在这寂静的夜晚所歌颂的，
并将诗人的幻想献上的那些人，
唉！他们却没有倾听——而且也一无反响……

（1874 年）

# 预言者[①]

请不要说："他有失谨慎！
他本身就是他命运的诱因！……"
他看得比我们清楚，不甘愿牺牲，
要为善服务也是绝不可能。

但他爱得更崇高、更广阔，
他的心里没有世俗的心计。
"在世上可以仅为自己而活着，
但也可以为别人而死去！"

他这样想——就更觉死神可亲。
他绝不会说，他的生命有用，
他绝不会说，死亡无益：

① 作者写此诗时，已被亚历山大二世政府判处七年苦役并"永远流放西伯利亚"的车尔尼雪夫斯基，正在维柳伊监狱中。三年后在《祖国纪事》和《最后的歌》发表时，标题作《预言者（译巴尔比埃诗）》。从他遗下的手稿中可以看出，他为了逃避审查官的审查，曾经多次试图把它伪装成外国诗的译文；后来作者勾掉原标题，改为《悼念车尔尼雪夫斯基》；但由于被悼念者还活在人间，遂又将"悼念"改为"回忆"。

此诗最初发表于1877年的《祖国纪事》。

他早已看清自己的命运……

他虽还没有被钉上十字架，
但时限一到——那儿就是他的归宿；
愤怒和悲伤之神差遣他来，
让世上的沙皇都想起基督。

（1874 年）

# 致诗人①

（纪念席勒）

爱情、自由、和平和勇敢的歌手们，
你们在哪里？……“血与剑”的世纪啊！
你把一个银行家扶上尘世的宝座，
你将一个刽子手宣布为盖世英雄……

群俗们宣称：“世纪不需要歌咏！”
于是歌手不见了……天神也默无一声……
啊，现在有谁能使人想起
他所肩负的崇高使命？……

回来吧，你令人鼓舞的艺术家，
宽恕那些愚民……在垂死的人群上空，
请重新点燃自己魅人的火把！——
它已被大胆的手所熄灭，人间黑洞洞。

① 此诗最初发表于1874年的《祖国纪事》；而在诗集《最后的歌》中刊出时便加上了副标题“纪念席勒”。诗写于1874年秋，是为了纪念德国诗人席勒115年诞辰和他的作品《艺术家》(《Die Künstler》)和《过去时代的歌手》(《Die Sänger der Vorwelt》)。

用天上的雷霆把自己武装起来！
把我们颓丧的灵魂提上高位，
让人们都能清楚地分辨善和美，
而所使用的却不是僵死的眼光……

惩戒贪欲、凶杀和亵渎的罪愆！
摘掉卖国贼头上的那些花冠，
正是他们已把经过世代努力
才开创的爱与和睦的途径扭转，

把世界引向仇恨的道路！……只有你才能
把和谐注入他们的事业和情感。
被驱逐的艺术献身者啊，你的心胸
便是真理、爱情和美的堂殿。

（1874 年）

# 人们是多么胆怯[1]

时间倒有，却不能写出来。
是恐惧已把文思阻塞：
只要不越过谨慎的界限，
便可在钳夹中暂保脑袋！

清晨我们访问了自己的故乡，
我就在那儿生，就在那儿长。
受昔日哀愁支配的心在紧缩，
一个问题在我的头脑里回荡：

一个新的时代——自由、变动、
自治、铁路的时期。
为什么在我这贫穷的祖国，
就看不见一点革新的痕迹？

还是从童年就熟悉的

① 由于审查条件的严格限制，这首诗在作者生前一直未能发表。涅克拉索夫在诗中特别尖锐地表现出自己对农奴制改革的否定态度。

那令人忧郁的曲调，
还是那神父在教堂里
为祈求新的忍耐而祷告。

如今在自由农民的生活中，
是贫穷，是愚昧，是黑暗。
你在哪里呢，人民致富的秘密？
乌鸦聒噪着回答我：“笨蛋！”

我责骂它粗暴无礼。
它便飞落到电线上。
“它是不是想打电报，
向京城里去告密状？”

一个糊涂的想法，但还没怎么考虑，
我便瞄准了，接着是一声枪响：
忧郁的鸟儿直挺挺地栽下来，
而电线还在那儿摇晃……

（1876 年）

# 致济娜[①]

你还有生存的权利，
我却快到风烛残年。
我死后——我的各声将会暗淡，
不要惊异吧——也不要为它悲叹！

要知道，孩子：荣誉的光辉
不能永远照耀我的名字：
斗争妨碍我做一个诗人。
诗歌妨碍我当一名战士。

谁要是为时代的伟大目标服务，
把自己的一生完全献给那为了
实现人与人是兄弟关系的斗争，
那他就能在死后得到永生……

（1876 年）

---

① 济娜——涅克拉索夫的妻子济娜伊达·尼古拉耶夫娜。她的真名叫：费克拉·阿尼西莫芙娜·维克托罗娃。长诗《祖父》就是献给她的。

涅克拉索夫是在死前患病期间与她结婚的。他死后，济娜便离开了彼得堡。1915 年在萨拉托夫逝世。

# 祈 祷[1]

寒冷、饥饿笼罩着我们的乡村。
潮湿、烟雾——凄凉的早晨，
洪钟在远方低沉地鸣响，
这是教堂在召唤着教民。
在沉闷的钟声中有一种肃穆、
　　　　庄严的东西在回荡，
我在教堂度过一个阴沉的早晨——
　　　　对此我永不会遗忘。
全体居民，不论老少，都带着哭声
　　　　在深深地叩首鞠躬，
为了摆脱难以忍受的饥饿，
　　　　人们祝祷得如此真诚。
我很少看见他们的神态
　　　　有这么严肃而伤心！
“上帝啊！请保佑人民和他的朋友。”
　　　　我不禁悄悄地说道。

---

① 此诗最初发表于1877年的《祖国纪事》。在十月革命前的各种版本中“愿被判处终生流放的人们，愿蹲在监狱中的人们”两行被审查机关删掉，代之以删节号。

“请倾听我们发自内心的祈祷：

　　愿为人民效力的人们，

愿被判处终生流放的人们，

　　愿蹲在监狱里的人们，

愿你经过多年的搏斗，

　　在斗争中异常坚定，

并听到奴隶的最后歌声的人们——都幸福！

　　上帝啊，我们在向你祷祝。”

（1876 年）

# 一八七六—一八七七年诗集序诗[①]

不！药石对我已毫无助益，
再也无须著名大夫的高超医技：
为什么要苦苦地折磨人？
苍天啊！还是叫我快点死去！

朋友们都装得异常平静，
我那忠实的黑狗闷不出声，
妻子的眼神温柔而严肃：
我这时正遭受极大的苦痛。

一旦疾病稍缓，不再把我折磨，
我便沉醉于新奇的幻想：
天花板有可能会突然降落，
像一块墓石压在我的胸膛。

但愿我能早日离去，又轻松

① 此诗最初发表于1877年的《祖国纪事》。1876年，涅克拉索夫身患不治之症。诗人临终前所经受的巨大痛苦，均已反映在他的《最后的歌》的组诗中。本诗就是《最后的歌》的序诗。这本诗集是诗人用诗写的遗嘱，在他的笔下，一切都富有公民的色彩，有较高的艺术性，被称为涅克拉索夫的“最后杰作”。

又无痛苦……但别了，短暂的平静，
疼痛又猛然袭来，像一阵飓风：
仿佛床上竖起了无数的钢针。

我和令人痛苦的疾病拼命搏斗，
搏斗着——直到我咬紧了牙关……
缪斯啊！你曾经是我的挚友，
快来听取我这最后的召唤！

我曾多次经历这样的不幸；
是你给了我神奇的威力，
你帮我承受巨大的苦痛，
往黑刺李中编入了玫瑰。

请用灵感的强大力量
战胜我肉体上的苦难，
请你在我胸中点燃
爱情、愤怒和复仇的火焰！

请让想象之宫里住上
无羁幻象的轻盈群众，
并从我那令人窒闷的墓上
把那沉重的碑石幡然挪动！

（1876 年）

# 致居〈格涅夫〉①

我们一起出来……我漫不经心，
在黢黑的夜色里信步而行，
然而你……你的头脑清醒，
你的眼睛锐利而机警。

你知道，黑夜、幽静的黑夜
笼罩着我们整个的一生，
你从没有离开过战场，
你真诚地开始了斗争。

在你的伟大的心里
充满了巨大的关心，
像个短工，天还不亮
你就得出门去劳动。

你痛斥着，咒骂着，不让人
在谎言哄骗下昏昏睡去，

① 此诗最初发表于1913年的《星》。因改写过，故有两个文本。

你大胆泼辣地愤然撕下
蠢人和坏蛋的假面具。

然而为什么呢？那可疑的
一线光明刚一闪动，
便传说，你就吹灭了
自己的火把……等待黎明。

你开始天真地卫护
愚昧无知者的宁静——
你开始在自己的心里
暗怀着种种的憧憬。

你抱怨满腔热情的青年，
年复一年，你渐渐听不见
狂暴的皮鞭的鸣响，
和人民的幽幽哀怨。

你宽恕傲慢的蠢货，
爱抚那无害的庸人，
你所蓄意要反对的，
是那决心走到底的人。

确定谁要像一只雄鹰

在俄罗斯的天空飞翔，
谁就是俄罗斯青年的领袖，
俄罗斯姑娘们崇拜的偶像。

谁要是不惮于赴汤蹈火，
去拯救受苦受难的兄弟，
那他目前就决不能
从荆棘丛生的路上归去。

锁链的不调和的敌人，
人民的最忠实的朋友，
快干掉这杯神圣的酒，
在杯底——就是自由！

（1861 年—1877 年）

# 判　词[1]

“……你们是自己幸福土地上的
贱民——人民对你们并不了解，
傲慢的、冷酷的上流社会
对你们极端的冷淡和轻蔑。

你们生就是黑暗王国的歌手，
你们的竖琴弹得毫无意义，
这个王国压根儿就未得到
众人喜爱和世界尊重的权利……”

向俄罗斯心灵投掷石块，
整个西方都这样谈论你。
为自己辩护吧，我亲爱的祖国！
反击吧！……祖国却沉默不语……

（1877 年）

---

① 此诗最初发表于 1877 年的《祖国纪事》。

# “俄罗斯也有引为自豪的东西”①

俄罗斯也有引为自豪的东西——
　　切不可等闲视之！
只不过要向伟人们去致敬，
　　得要走遥远的路程。

你的祖国的威斯敏斯特
　　天主教教堂②
就是那白雪皑皑的草原，
　　矿藏丰富的地方。

（1877年）

① 1857年12月6日，在彼得堡的喀山广场发生了一次政治性群众示威，普列汉诺夫在集会上发表了令人愤激的讲话，他赞扬了车尔尼雪夫斯基和其他一些革命战士，然后说道：“大家只有一个命运：死刑、苦役、监狱。但是他们经受的苦难越多，他们也就越光荣。为人民的事业遭受苦难的人们万岁！”涅克拉索夫写这首诗，就是为了对当时在苦役中已经牺牲或正在牺牲的政治斗士们表示敬意。此诗最初发表于1912年的《遗训》。标题为译者后加。

② 这是伦敦的一座古老教堂，那里埋葬着一些杰出的作家、画家、学者、统帅。涅克拉索夫在这里把沙皇政府活活埋葬过成千上万俄国优秀人物的西伯利亚矿坑讽刺地称作“威斯敏斯特天主教教堂”。

# 你不会被忘记①

“我昨天还对别人有用
——而现在却已不能！
如今我但愿一死——
拿起子弹也并非无因……”

这就是你留给我们的遗训，
可是后来我们还听说，
你老早就把自己用劳动
获得的一切献给了穷人。

神父怯懦——害怕，不去送葬；
我们也不能将他说服。
于是我们把死者抬往
那有风在悲鸣的山谷。

① 审查官列别杰夫向书报审查委员会告密说，涅克拉索夫在这首诗里“想要使自杀（！）思想神圣化，因为他不仅宽恕了那个企图自杀的姑娘和她的行为，并认为这对别人也是一种教训，而且声称她的坟墓是伟大的……”（《往昔的声音》。1918，No.4—6，104 页）。

审查官根本不了解，涅克拉索夫称这个姑娘伟大，是因为她曾经奋不顾身地为革命服务。

埋葬完毕，我们凿下一块石头，
并把它在坟头上直直竖起，
在石头上清清楚楚地写着
生和死，和你的全部遭遇。

你的遗体，人们感到亲切，
但它蕴涵着责备和教训……
如若在世时没有伟大业绩，
那我们便需要伟大的坟茔……

（1877 年）

# 秋　天①

早先——是乡村的节日，
如今——秋天一片饥馑；
哪有工夫顾上喝酒，
女人的哀愁没有个尽。
从礼拜日起，我们那信奉
东正教的人民，就叨念书信，
每逢周末就进城去，
到处走访、询问和打听：
夏天有谁战死了，谁又受了伤？
有谁失踪了，又有谁被找见？
那些幸免于难的人们
又都送到了哪些医院？
真叫人胆战心惊！……虽是午间，
天空黑压压，像是在夜晚；
既不愿在窄小的农舍里坐，
也不想闲躺在炉炕上边。

① 这首诗是俄土战争（1877—1878）的反映。1877 年在《祖国纪事》发表时，未署作者姓名。这是诗人临终前发表的最后一首诗。

谢天谢地，我幸得温饱，
但愿能睡觉！不，睡不着——
老想到路边儿去走走，
因为无论如何躺不倒。
我们的大路真热闹！
运伤兵的车厢过个不停，
在我们身后的岗丘上
疾驰而过，轰轰隆隆，
一清早就能听见
人们不断的呻吟声。

（1877 年）

# “伟大的亲情！我们无论走近”[①]

伟大的亲情！我们无论走近
哪一个地方，哪一个家门，
都会听到儿女在呼唤着母亲，
她们虽远在他方，也都向儿女飞奔。

伟大的亲情！我们自始至终
牢牢地珍藏在自己的心中，
我们热爱自己的姐妹、妻子和父亲，
但一遇到苦难便立刻想起母亲！

（1877 年）

① 此诗最初发表于 1878 年的《祖国纪事》。标题为译者后加。

# “啊，缪斯！我已走到坟墓的门边”[①]

啊，缪斯！我已走到坟墓的门边！
让我多多地告罪吧，
让人的怨恨将我的罪愆
去夸大一百倍吧——
但不要哭！我们的命运令人欣羡，
人们不会咒骂我们：
我和一些正直心灵之间
那活生生的血肉联盟，
你不能让它长久地中断！
看着这被打得遍体伤痕、
面色惨白、浑身是血的缪斯，
而竟无动于衷，他就不是俄罗斯人……

（1877 年）

① 此诗最初发表于 1878 年的《祖国纪事》。据涅克拉索夫的妹妹证明，这是诗人的最后一首诗。写于当年的 12 月。到了 1878 年的 1 月 8 日。诗人就溘然长逝了。标题为译者后加。